dear+ novel
Koiwa furitsumu ・・・・・・・・・・

# 恋は降り積む

渡海奈穂

新書館ディアプラス文庫

## 恋は降り積む

contents

illustration : スカーレット・ベリ子

# 恋は降り積む

Koiwa furitsumu

# 1

純白の夢を見た。

あるいは漆黒《しっこく》の夢。

真っ暗な闇の中にいた気がしたのに、思い出すと白くて眩《まぶ》しい景色のことしか覚えていない。景色、と言うべきかもわからない。ただ白。見渡す限りの純白、あるいは銀世界。

「あー……」

逃げないように、イメージを頭に刻み込む。

刻み込んだつもりだったが——スマートフォンの着信音で目を覚ました時には、それらは綺麗さっぱり消えてしまった。

どんな夢だったっけ、と思い出そうとするのにうるさい電話の音に邪魔される。腹立たしいので無視してしまおうかと思ったが、何しろしつこい。一旦切れたと思ったのに、もう一度すぐかかってきた電話を、楡崎《にれざき》はしぶしぶ取ることにした。

「いてっ」

身を起こそうとして、痛みに顔を顰《しか》める。ついつい、ギプスをした右手をソファについてしまった。

悪態《あくたい》を吐《つ》きたいのを我慢して、左手でスマホを手にする。

「何だよ、こんな時間に」

挨拶《あいさつ》もなく、痛みで苛《いら》ついていたせいもあり、楡崎は不機嫌な声を出した。

『こんな時間って、もう夕方だぞ』

相手によっては楡崎の低く愛想のない声だけで怯《ひる》み、気後《きおく》れするというのに、電話の向こうの男はまったく意にも介していないらしく、呆れた声を返してきた。この向原《むかいはら》という男は大学から十年来のつき合いで、今は職場まで同じだったため、気心が知れているのだ。

『というかおまえ声嗄《か》れてるけど、寝てたのか？ ならいいけど』

「悪いな、おまえらがあくせく働いてる時間に、こっちは呑気《のんき》に寝てて」

嫌味っぽい口調で言ってやりながら、楡崎はソファの上に身を起こした。動画配信チャンネルでだらだらと映画を観ているうちに、いつの間にか寝こけていたらしい。遅い朝食兼昼食を取ったあとから記憶がないので、五、六時間は眠っていたことになる。

『寝てたならいいって言ってるだろ、時間はともかく、睡眠が取れてるなら上出来だ。あとは飯、ちゃんと食べてるか？』

友人の声を聞いて、楡崎はちらりとソファの前のローテーブルの上に視線を向けた。ビールの空き缶ふたつ、コンビニのつまみコーナーで買ったちくわにチーズが挟まったもの、ポテトチップ、柿の種が、すべて中途半端に手をつけた状態で並んでいる。

「食べた、食べた」

『……嘘だな？』

つき合いの長さも考え物だ。声音だけで適当に答えたことがあっさりばれたか、それとも、大学時代から続く食に対する興味のなさが一朝一夕《いっちょういっせき》で直るはずがないと見抜かれているのか。

向原の口調は、疑問というより確認の響きだ。

『その腕じゃ自炊は無理だろうから、宅配食頼めって言っただろ。ちゃんと毎食手配してるのか？』

「あー、何回か頼んだけど、全然うまくなかった。体によさそうっていうか」

『体にいいものだから頼めって言ったんだ、馬鹿！』

向原の言葉も口調も容赦《ようしゃ》がない。

『いいか、今回の休暇は病気と怪我の療養ってだけじゃなくて、おまえのそのだらしない生活習慣を改善するための期間だってことを忘れるなよ』

休暇に入ってから、嫌というほど繰り返される向原の忠告に、楡崎は鬱陶《うっとう》しげな溜息を押し殺すことができない。

「アニメーターなんてどいつもこいつも同じようなもんだろ、おまえは制作進行だからそこそこ時間にしっかりしてるだけで……」

『あのな、うちのスタジオはおまえに早死にしてもらっちゃ困るんだよ、楡崎監督。おまえ名指しのオファーだってどんどん来てるんだぞ。おまえが抜けた穴は痛いが、正直このタイミングだったのは不幸中の幸いだ、今のうちにその仕事以外に関して何もかも怠惰《たいだ》な性根《しょうね》を叩き直せ』

「あー、はいはい、わかったわかった」

『わかってないだろ、その適当な返事。大体おまえは昔から――』

「あ、誰か来た。じゃあな」

いつにも増してしつこい説教にうんざりしての口実ではなく、実際、インターホンの呼び出し音が鳴った。楡崎はこれ幸いと一方的に電話を切り、リビングの壁に据《す》え付けられたインターホンの前に移動するとモニタに目を遣る。

古くて今どき白黒のモニタには、見知らぬ男が映っていた。

画質が悪い上に、俯《うつむ》きがちで顔はあまりよく見えないが、体つきと風情《ふぜい》で若そうだとわかる。

休暇の間、楡崎は家を出るのも億劫《おっくう》で、日用品から食料品から娯楽品に至るまで何もかもあらゆるネットショップでまかなっていたから、いつものように宅配員だろうと思い「ちょっと待って」とドアの向こうにインターホン越し声をかけた。

玄関に続く廊下を進みながら、少しだけ違和感が湧いた。通販サイトのロゴ入り段ボールを抱えていなかったのは別にいい、大型の荷物の場合はカメラに映らない位置の台車に乗せられていることもある。宅配業者の制服を着てないことも問題ない、最近は個人の宅配ドライバーも増えている。

他に何が気になるのかといえば、

(車の配送なのに、何であんなダウンなんか着てるんだ?)

そう思い至ったのは、いつもの流れで靴箱の上に置いてあった印鑑を手に玄関ドアを開けた時だった。

マンションの共用廊下に立っていたのは、やはり若い男だ。二十代前半か半《なか》ばか。真っ黒な髪は伸ばしっぱなしにしているのか、目にかかっていて邪魔そうだ。

肌の色がやたら白い。ロングのダウンジャケットは濃紺、黒いパンツとレザースニーカーをつけた体は細身で、背は高くもなく低くもなく、百八十近くある楡崎が少し見下ろすくらいだから、多分百七十センチの前半くらい。瞳も黒くて睫《まつげ》が長く伏し目がち、開いたドアに呼応《こおう》して俯いた顔を上げたのに視線が合わなかった。

一日で細かな部分まで見てしまうのはいわば職業病というか、まあ、癖だ。学生時代から人だの街並みだのを描くため、目に入るあらゆるものを絵に起こせるよう観察する習《なら》い性《せい》が抜けなくなってしまった。

(雪女?)

そしてなぜか、楡崎はそんな第一印象を相手に抱いた。どこをどう見ても男だというのに。

「誰?」

相手は雪女ではなく、そして宅配業者でもない。新聞や宗教や宅配スーパーの勧誘という雰囲気でもなかった。まずいな、と楡崎は頭の中で少し思う。このマンションは築年数が古くてエントランスがオートロックではない。管理人も常駐しておらず、部外者が誰でも気軽に入れる造りだ。

『いい加減、ちゃんとしたセキュリティがあるところに引っ越せよ、最近物騒《ぶっそう》だろ。あんまり長く住んでると、姿見られてネットに書き込まれて、あっという間に住所割られるぞ』

楡崎の頭に、ほんの数ヵ月前に向原から言われた言葉が蘇《よみがえ》る。

「はじめまして、突然すみません――」

全体的に暗い色の青年が、伏し目がちなまま言った。小さいが、妙に透《す》き徹《とお》っていてよく響く声だった。

(暗そうっていうか、寒そうだ)

凍《こご》えて震えていたり鼻の頭が赤いというわけでもないのだが、肌の白さのせいか、声の質のためか、楡崎はそんな印象を抱いた。曇天《どんてん》の二月、実際気温は低くて外の空気は冷え切っていたが、この青年はたとえ真夏の陽射しの下にいても、冬の寒さを想起《そうき》させる気がする。

「楡崎佳視《よしみ》監督、ですよね」

綺麗な声で、青年が続ける。

フルネームはともかく、それに続いた肩書きを聞いて、楡崎は「しまったな」と自分の軽率さを反省した。はら見たことかと、また友人の声が聞こえた錯覚。

楡崎のプロフィールは、検索すれば、インターネットの百科事典にも詳細に出てくる。本名楡崎佳視、三十二歳。美大卒業後、大手アニメーション制作会社にアニメーターとして入社、動画から原画、演出助手、作画監督を務めつつ五年勤務ののち、別のスタジオに移籍、以降は主に演出家として活動する。近年は人気テレビシリーズの監督の一人として名前が知られるようになり、総監督を務めた劇場上映作品ではマイナーな作風なため興行的な成功はともかくアニメファンや同業者からの評価は高く、今後の活躍が期待されるアニメ監督である。

「だったら何だ」

愛想を振りまく義理も感じず、楡崎は低い声で、突慳貪《つっけんどん》に言い放った。インターネットやアニメ雑誌、それに映画のパンフレットなどでも顔写真が出回っているので、赤の他人だと誤魔《ごま》化《か》しようもない。

「あの……俺は、あなたの作品が、大好きで」

だから言っただろう、と向原の声が楡崎の脳内でしつこく響く。自分では娯楽作品を作っているつもりなのに『難解』だの『哲学』だの言われる楡崎の作風には、濃いファンがつく。そして同じくらいアンチもいて、ネットの称賛や誹謗中傷《ひぼうちゅうしょう》だけではなく、途方もなく長いメールや手紙が会社に届くことは珍しくなかった。

『そういう手合いがおまえ個人のところに直接押しかけてきたら、どうするんだよ。別に金がないってわけじゃないだろ、さっさとオートロック付きのマンションに引っ越せ』

向原からはたびたび忠告されていたが、この休暇の前はほとんど会社に泊まり込みで、自宅に戻るのは月に数度がいい方だったのだ。忙しすぎたせいで、物件を探して荷造りして引っ越して荷ほどきして——なんて到底《とうてい》不可能だったたし、何より億劫だった。

(まあこいつを追い払えばいいだけだ)

ファンならサインのひとつもくれてやって、アンチなら速《すみ》やかに警察に通報。そう腹を括《くく》り、楡崎はじろりと青年を見下ろした。

「で?」

「……しに、してください」

「は?」

掠《かす》れた青年の声が聞き辛く、楡崎は眉を顰《ひそ》めた。

「何だって?」

問い返す楡崎に向かって、青年が、勢いよく頭を下げた。

「俺を、あなたの弟子にしてください!」

九十度、深々とした見事な拝礼《はいれい》に、楡崎は呆気《あっけ》に取られた。

「弟子って、何を急に……」

呆れながら呟いた楡崎は、その途中で鋭い視線を感じてはっとした。

「とにかく中、入れ」

思わず青年を玄関の中に引き込んでしまったのは、エレベーターから降りてきた年配の女性と目が合ったからだ。このマンションの自治会の会長夫人で、何かと口うるさく、滅多《めった》に家に戻らず生活時間も不規則すぎる楡崎を胡散臭《うさんくさ》い目で見ている相手だった。

「で、何だ、弟子入り志望?」

玄関ドアを閉めつつ、楡崎が訊ねると、青年が小さくうなずいた。

「悪いがそういうのはやってないんだ。アニメーター志望なら、会社に問い合わせてくれ」

とりあえず悪意や害意のある様子はないので、楡崎はなるべく速やかに相手を追い払う方針は変えず、青年に告げた。

「ただし今年度のエントリーはもう終わってる。次の募集を待て」

青年は戸惑ったように黙り込んでいる。こんな求人情報はネットを見ればわかるから、承知の上でここまで来たのだろう。

「それとも、何か。それなりにキャリアがあって、どこかのスタジオからの移籍希望なのか?」

定期採用は新卒に限っているが、キャリアによっては当然中途採用もある。というか腕のいい作画マンは常に足りずに探し回っているし、楡崎もそれで以前の会社から引き抜かれた。

「いえ、そういうことは……」

「ならフリーでやってるのか?」

作品制作の際は、会社所属ではなくフリーランスのアニメーターに頼る場面も数多くある。というより、その方が作品に関わる数が多い。即戦力としてのフリーアニメーターとは、いくら繋ぎを取ってもいい。

「いきなり俺のところに押しかけるくらいだ、自信はあるんだろうな？　ポートフォリオを見せてみろ」

差し出した楡崎の手を、青年はやはり困惑げに見下ろしている。

「何だ、持ってきてないのかよ。名前は？」

今までの仕事で、相手の原画なり動画なりを見たことがあるかもしれない。直接顔を合わせたことがなくても、腕のいいやつなら名前は覚えている。

「さ……ササキ、です」

やたら緊張しているのか、歯の根の合わないふうに相手が答えた。『佐々木《ささき》』なら思い当たる相手があったが、ありふれた苗字なので二、三人いる。

「下の名前は」

「スグル……です」

「字は」

ササキは日本で生存する最も有名なアニメ監督の名前を挙げた。

「佐々木駿《すぐる》……聞いたことないな。まあいい、ウェブに上げてる作品くらいはあるだろ、それでいいから」

「……いえ……」

ひくりと、楡崎の眉が引《ひ》き攣《つ》る。

「……おまえ、まさか、『作品作ったことないクリエイター』じゃないだろうな……」

楡崎が一番嫌いな手合いだ。既存《きそん》の作品には粗探《あらさが》しと駄目出しを繰り返しいっちょまえに『俺ならこうするね』『だからあの監督は駄目なんだよなあ』『作画崩壊が……』などと語るが、その実ろくに絵を描いたこともなければ脚本を完成させた経験もない自称クリエイター。

「おい、どうなんだ」

「さ、作品は、作ったことは、あります」

「何だよ」

中には頭の中で壮大な物語を作るだけで、実際は形にしたこともない輩《やから》もいるので、それよりはまだましか。

「でも、うまく書けなくて……」

困り果てたように言う青年、佐々木駿を、今すぐここから叩き出してもよかったのだが。

「それが、苦しくて。悩んでる時に、あなたの作った映画を観たんです」

本当に苦しげに言う駿の姿に、楡崎は、有《あ》り体《てい》に言えば目を奪われた。

（こういう暗そうなキャラクター、あんまり描いたことがなかったよな）

オリジナル作品では、ついつい好みのキャラクターを主役に据えてしまう。我《が》の強いタイプか、天然の天才型か。そろそろ別の切り口を開拓しなければ、根強いファンにもマンネリを謗《そし》られるかもしれないと考えていたところだった。

「どうやったらあんなふうに生々しく、キャラクターの内面まで観ている人に伝えられるんだろうって。台詞《セリフ》は少ないのに、些細《ささい》な表情や仕種や音楽とか……効果音とか、演出で、すごく、響いてくるのに圧倒されて……」

「……」

楡崎だって、クリエイターだ。

商業的な成功を前提にしながらも、自分の好きなものを作品にぶち込み、伝われ、いや感じろ、そして褒《ほ》めろ、と常に念じ続けている。別に純粋な称賛じゃなくてもいい。怒りでも憎しみでも、観ている人間の心を強烈に動かすことができれば俺の勝ちだという価値観で生きている。

だから目の前で、こうも手放しに褒められたら、まあまあ悪い気はしなかった。

というよりかなり気分はよかったが、かといって、見ず知らずの相手に親切にしてやるまでの義理はない。

「そりゃ、ありがとうよ。けどそういうのはツイッターとかブログに書いて拡散してくれ。ファンの存在はありがたいが、作品を飛び越えて作り手個人の家に押しかけるのは非常識だ。

違うか？」

「……いえ、違いません」

相変わらず目を伏せたまま、駿が首を振る。

何か思い詰めて押しかけてきただけで、根は素直な性格なのだろう。暴れたり喚《わめ》いたりされなくてよかった、と内心思いながら、楡崎は相手の肩を軽く押した。

「わかったなら、このまま帰れ。ほら」

駿は抵抗せず、楡崎に押されるまま後ずさった。楡崎はドアを開け、そっと相手を廊下に押し遣《や》る。

別に乱暴に突き飛ばしてやったってよかったし、普段の楡崎なら闖入者《ちんにゅうしゃ》など遠慮なく叩き出してやるところだが、何となくその気が起きない。

（押しかけてきた割に、どうもこいつは、圧が弱い）

楡崎の職業を知って近づいてくる人間は、そうしょっちゅういるわけではないが、珍しくもない。会社宛のものはすべてシャットアウトしてもらっているものの、親戚から「うちの娘はアニメの才能があるから見てやってくれ」と親馬鹿丸出しで頼まれたり、名前も覚えていないような同級生から「俺の作品をアニメの原作に使わせてやろうか」と未完成長篇シナリオを送りつけられそうになったりが、数年に一度は起こるのだ。

彼らは例外なく根拠のない自信に満ちあふれ、何なら「おまえのためにもなるのだから」という奇妙な思い上がりを隠そうともしない。自信に実力が釣り合う人間はコネだけで業界に潜《もぐ》り込もうなんてしないから、直接楡崎に連絡してくる手合いは相手にするだけ無駄だという経験的法則ができあがってしまった。

この青年だって、いかなる手段を使ってか個人宅にまで押しかけてくるほどだから、自信なり野心なりを持っているはずなのに、それがさっぱり感じられない。

楡崎の手に押し遣られるまま、駿は廊下に出た。

振り返った時の相手の顔を見て、楡崎は何かぐっと喉《のど》やら胸やらが閉まるような、おかしな感触を味わった。

(何で俺が、罪悪感を持たなくちゃなんねえんだよ)

拾った子犬を捨てられていた段ボールに戻す時には、きっとこんな心地になるだろう。初めてまっすぐ楡崎を見上げた駿の目は悲しげで、痛々しく、なのにやたら澄んでいた。

「もう暗いし、さっさと帰れ、な」

楡崎がつい相手を思い遣るような言葉をかけてしまったのはそのせいだ。

「――」

ドアを閉める時、微《かす》かに届いた声に、楡崎はまたぎゅっと喉が閉まりそうになった。

『帰る場所はないんです』

そう聞こえた気がしたのだ。

（いやいや、知るか）

家出少年か。いや少年というような年にも見えないから、アニメーターなどという不安定な職業に反対した親の元から逃げ出して……というパターンではないだろう。もしかしたら衝動的に会社を辞めて妻子を捨てて、家を飛び出してきたとか？

楡崎の脳裡《のうり》で、様々な状況が勝手に生まれる。すぐにあれこれ設定を考えたがるのは、職業柄どうしようもない。

（でも、主人公に据えられるような設定じゃねえよな）

休暇の間に新しい企画でも練っておこうとしているところだが、アニメ監督に憧れて家出した男を主役に据えてみたって、話の拡《ひろ》げようがない。

（業界ものが受けることはあるとしても、俺向きではない）

ファンタジー色の強い作品が楡崎の作風であり好みであり、自分が身を置いている業界の生々しい物語なんて、作っていて楽しいとも思えなかった。

（どう考えても挫折する未来しか思いつかん。あいつがたとえ大学生だとしても、その頃には俺なら自分でどんどん作品を完成させてたぞ）

会社ならまだしも個人の家に押しかけるなんて非常識にもほどがあるとはいえ、もし彼がそれなりの腕を持って乗り込んできたのであれば、楡崎は多分、受け入れただろう。才能があって無謀《むぼう》な奴は嫌いじゃない。正直なところ「ある日突然、俺の演出意図を汲《く》んだ相性最高の天才が現れて、絵コンテから演出補助からやってくれないものだろうか」と妄想したのは一度や二度のことではなかった。仕事に追い詰められてそう口にして、「おまえ並の才能がそうほいほい現れるなら苦労しないんだよ」と向原には褒められた。いや、貶《けな》されたのか？

とにかく何ごともなく追い出せたのだから、もう忘れよう。そう思って楡崎はリビングに戻り、またソファに寝転んだ。そのまま、二、三十分ほど、観るともなしに適当な動画を眺めつつ新しい缶ビールをちびちびやっているうち、トイレに行きたくなった。

用を足して再びリビングに戻ろうとした時、楡崎は玄関の向こうで何か話し声がすることに気づいた。

つい立ち止まってドアの方を見遣ったのは、その金属っぽい神経質な声の持ち主が、先刻姿を見た自治会会長夫人のものだったからだ。

「楡崎さんのお知り合いじゃないなら、あなた、そんな人の家のドアの前にさっきからずっと突っ立って、一体何してるの？」

駿の声は聞こえず、一方的に責め立てるような夫人の声ばかりがドア越しに聞こえてくる。

「マンションの関係者じゃないなら、出て行ってくださる？　このまま居座るなら、警察を呼びますよ」

おいおい、と楡崎は慌てて玄関に向かった。実は入居直後に楡崎も会長夫人から警察を呼ばれたことがある。会社移籍に合わせた引っ越しで、前の仕事場に残しておいた荷物を一時共用廊下に置きっぱなしにしたままちょっと近くのコンビニエンスストアに行っている間に通報されたのだ。当然不審物でも何でもない荷物だったが、警察からは一応注意してくださいよと叱られ、会長夫人にはねちねちと嫌味を浴びせられ、周囲の住人たちからも何ごとかと怪しまれ遠巻きに眺められ、散々だった。

（やめろ、面倒臭い）

ちょっとでも拗《こじ》れればあの夫人は即座に通報する。そして絶対、自分も巻き込まれてまた延々と嫌味を言われることになるのだ。これが嫌だから、さっきも駿を家に入れてしまったのに。

盛大な溜息をつきながら、楡崎は再び玄関のドアを開けた。

駿がはっとした顔で楡崎を見た。会長夫人も、じろりと睨み上げるような視線を向けてくる。

「あら、楡崎さん。この人あなたの家の前にずっといてね」

楡崎は自由な方の左手で、駿の腕を摑んだ。

「うちの客です。どうも、お騒がせで」

「は……」

会長夫人が何か言うより先に、楡崎は駿を玄関に引き入れた。ドアと、ついでに鍵を閉め、次に聞こえてきた甲高《かんだか》い声は丸ごと無視する。

「あ、あの」

駿は少しうろたえたふうにまた楡崎を見上げた。

「すみません、帰りがたくてぼうっと立ってたら、さっきの人に叱られて」

「捕まると長いんだよ、あの人。くそっ、あっちもこっちも面倒臭《くせ》ぇな……」

駿から腕を放し、楡崎はがしがしと頭を掻《か》いた。警察を呼ばれれば面倒だが、だったら会長夫人と一緒になって彼を追い払えばよかっただけなのに——それが、どうも、できなかった。

(どう見たってわけありじゃねえか)

楡崎が何より嫌いなのは、面倒臭いことだ。この青年はどう考えても面倒臭い。しかしあの怖《おそ》ろしい会長夫人と対峙《たいじ》させるのはあまりに気の毒だった。我ながら精神は頑丈な方だと思う楡崎だって、彼女と五分立ち話すれば疲弊《ひへい》するくらいなのだ。この線の細そうな男が耐えられるかどうか。

「あの……」

おそらく今後一、二時間は、会長夫人が楡崎の部屋周辺に目を光らせ続けるに違いない。どうしたもんか……と楡崎が痛む頭を押さえていると、駿が遠慮がちに声をかけてきた。

「あ?」

「さっきも気になっていたんですけど、その腕、どうしたんですか」

見返すと、駿の顔色が青ざめている。視線は楡崎の右腕に向けられていた。

「ああ。転んで折ったんだ、ぽっきり」

「……っ」

駿が息を呑む。

「そんな、大事な手なのに」

あまりに蒼白なもので、楡崎はつい笑ってしまった。ひらひらと左手を振って見せる。

「ペンを持つのはこっちだ。別に、絵を描く分には支障ない」

しかし駿は安堵したふうもなく、不安げに眉を顰めて楡崎のギプスの嵌《は》まった右手と無事な左手を、交互に見遣っている。

「痛そうだ……」

「一番痛かった時期は過ぎた。単純骨折でズレもなかったから、あと一週間もすればギプスも外れるらしいし」

骨折して半月くらいは痛みに悩まされ、頻繁《ひんぱん》に痛み止めを服用しなければならなかったが、今はその必要もないほどだ。じっとしていれば怪我のことを忘れ、つい右手を使おうとして、ひどい目に遭うこともあるが。

「まあとにかく、さっきの奥さんが落ち着くまで、茶でも飲んでけ」

玄関で突っ立っているのも何だしと楡崎が言うと、駿はひどく驚いたような顔になった。

「いいんですか？」

「よくはないな。このままおとなしく帰るっていうなら、その方が助かる」

「……」

駿は目を伏せてしまった。小さく首を振っている。そういう反応をすることを予想していたので、楡崎はさっさと廊下を歩き出した。

（もういっぺん叩き出したあと、電車にでも飛び込まれたら寝覚めが悪い）

帰る場所がない、と呟いたように聞こえた駿の声が妙に耳にこびりついている。いかにも寄る辺なく不安げな様子の相手に、正直なところ、楡崎は少し興味が出てきてしまったのだ。

『悪い癖だぞ、おまえ』

面倒ごとが嫌いな割に、面白そうなことは知りたがり観察したがる癖を、何度向原からそう叱られてきたか。

（作品に還元すりゃいいんだろ）

仕事漬けの毎日から急に解放されたものの、体調を崩し怪我までして家にいることしかできず、毎日腑《ふぬ》抜けたように過ごしていたが、突然の闖入者《ちんにゅうしゃ》のせいで、何だか急に楽しくなってきてしまった。

要するに、ここ一週間ほど退屈過ぎたのだ。

駿は勧められるまま、遠慮がちにソファに腰を下ろした。楡崎はコーヒーでも淹れてやろうと思ったが、利《き》き腕ではないとはいえ右手が使えないので、難儀《なんぎ》してしまう。

「よかったら、やりましょうか」

見兼ねたのか、駿が声をかけてきた。ソファから、カウンター越しにキッチンの様子が見えている。

「淹《い》れられるのか？」

楡崎はドリッパーを使い、ペーパーフィルターで濾《こ》した中挽《ちゅうび》きの豆でコーヒーを淹れるようにしている。インスタントでもなく、コーヒーメーカーも使わず、沸かした湯を手動で落とすやり方だ。経験がなければ手順もわからないだろうし、味だってひどいものになるだろう。

「家族が好きだったので」

しかし駿は戸惑う様子もなく、楡崎のあとを引き継いだ。上着を脱いで部屋の隅に置くと、電子ケトルで沸かした湯を、ドリッパーにセットしたフィルターに落とし、丁寧に蒸らすところからやっている。手慣れた仕種だ。楡崎は少々感心しつつソファに腰を下ろした。

(しかし、黒いな)

ダウンジャケットの下から表れたのは、黒い襟《えり》付きシャツだった。パンツも黒いし、足許《あしもと》を見れば靴下も真っ黒。髪も、青みが少ない漆黒に見えるから、肌以外は全身黒ずくめだ。ジャケットが濃紺なのが不思議に思えるほどだった。

「ここのカップ、洗ってしまいますね」

駿はそう言うと、シャツの腕をまくり、シンクに溜まっていた洗い物をてきぱきと片づけている。片手が使えないもので料理も出来ず、食事はレトルトとジャンクフード、飲み物もペットボトルですませていたが、コーヒーだけはどうしても飲みたくて、使ったマグカップやコーヒーカップを溜め込んでしまった。

洗い物が終わる頃にコーヒーもサーバーに落ちきって、綺麗になったカップふたつに注がれ、ソファに運ばれてきた。

「そこに置いてくれ」

楡崎の言葉に従い、駿がカップを一旦テーブルに置いた。楡崎はカップを手に取ってソファに凭れ、駿は少し迷ったふうにしながら、ソファの向かいのテーブル越し、ラグを引いた床の上に腰を下ろした。

そのまま俯きがちに黙り込んでいる。

気を遣って自分から話しかけるのもおかしな気がしたので、楡崎も黙ったままカップを口に運んだ。淹れ立ての熱いコーヒーを啜《すす》ると、なかなかに、うまい。豆にはこだわりがあるので上等なものを使っているが、それにしても、自分が淹れるよりもうまい気がする。とりわけ最近は片手の不自由さでいろいろなことが面倒になり、蒸らし時間も取らずにざばざばとお湯を注《そそ》いでしまって、「不味《まず》くはないが何だかぴんと来ない」コーヒーを飲んでいたため、楡崎の中で急激な幸福感が拡《ひろ》がった。つい深い溜息が漏れる。

満足して漏らした溜息だったが、駿が微かに首を竦《すく》めた。責められたと感じたのだろう。より深く俯く姿が痛々しい。痛々しいのにどこか艶《つや》っぽく見えるのが我ながら奇妙に思えて、楡崎は眉を顰めつつ駿の様子を観察した。

何かを思い出す。雪女ともまた別のもの。何だろう、と思って気づいた。

(未亡人の風情を感じる……)

雪女といい、男を相手に浮かべる発想でもないだろうが、その言葉と言葉の持つイメージがあまりにしっくりくる。一般的なイメージというよりは、下世話な男共の間での共通認識というか。楡崎に未亡人趣味などなかったが、そういう輩が見ればグッとくるのではないかというような色香が漂っている。

それでさらに、気づいた。

「それ、喪服《もふく》か?」

異様なほど黒い恰好《かっこう》。葬式帰りというようには見えないものの、故人を偲《しの》ぶために喪に服しているのではと、思い至ったのだ。

訊ねた楡崎に、駿はひどく驚いた表情で顔を上げた。

「どうして、わかるんですか」

「いや、当てずっぽう。でもあんまり黒すぎるだろ、おまえの恰好」

帰る場所はない、という言葉と声音を思い出したせいもある。

「……育ててくれた祖母が、亡くなって」

「それは——御愁傷様《ごしゅうしょうさま》」

未亡人の色香、などと面白がって考えた自分が、楡崎は少し苦々しくなった。『育ててくれた祖母』という言い回しから、両親は死別なりネグレクトなりその他の事情なりで駿とは関わってこなかっただろうことが察せられる。一番近しい人を亡くしたということだ。

「もう三年近く経《た》つんです。なのにどうしても、こういう服以外を身につける気になれなくて」

性格が暗そうなのは生まれつきなのか、それとも祖母を亡くしたショックを引き摺《ず》っているせいか。再び目を伏せた駿を観察するも、楡崎には判別がつかなかった。

「帰る場所がないってのは、そういうことか」

「……祖母と暮らしていた家は処分して、一人暮らしの部屋を借りているから、そういうわけじゃないんです。ただ、帰りたい場所がないというか……」

「年はいくつだ？」

「二十四です」

「仕事は？」

「……」

黙り込んでしまった。無職とか、フリーターなのだろうか。祖母が資産家、相続した家を処分した金で食いつないでいる？　小さくて古い1Kアパートでどんよりと俯いている駿を想像して、楡崎は何とも言えない気分になった。

大切な家族を亡くし、仕事に生き甲斐《がい》を見出すこともできず、おそらく恋人や友人もいない。

そんな相手が居れば、転がり込むのは見ず知らずのアニメ監督の家ではなく、彼女や友達の家であって然《しか》るべきだ。飲み屋だの風俗だので繋がる相手すらいないに違いない。

楡崎は頭の中で、どんどん初対面の男のプロファイリングを続ける。

(そういう、孤独……的なものが、こいつの色香に繋がるのか。面白いな)

楡崎が今まで描いたことのないキャラクターだし、出会ったことのないタイプの人間だ。

一年ほど前からぼんやりと頭に浮かべていた作品の世界観が、ふと楡崎の中で浮かび上がった。イメージは冬、真冬の深い雪の中。がたがたと震えることもなく、凍える様子はないのに、その雪の中でぽつりと立つ寒そうな男。寒がっているのではなく、男自身が冬や雪のように冷えているのだ。体温が低いから、普通の人間なら三分と立っていられない吹雪《ふぶき》の中にいても、男は寒くない。誰も彼を温められない。だからずっと独りで、雪の中にいる。

「平熱は？」

「え？」

今度の楡崎の質問に、駿は面喰らう顔になった。

「最近は測《はか》った覚えがないけど……昔から健康診断では低いと言われていました。いつも三十六度なくて」

「成程《なるほど》」

納得して、楡崎は深く頷いた。

まったくこの佐々木駿とやらいう青年は、楡崎が一年ずっとぼんやり形にならないまま温め続けてきた――いや、冷やし続けてきた作品の雰囲気にぴったりだ。楡崎はソファから手を伸ばし、床に転がっているタブレットとペンを拾い上げた。家でちょっとした絵を描くために購入したものだ。しかしそもそも会社に居ずっぱりだったうえに、シナリオはノートパソコンで、コンテは紙の方が慣れているし、ラフ画やイメージボードもまだアナログの方が手っ取り早くて、タブレットなんてほとんど使っていなかった。

休みの間に家でも何かしら手を動かそうと手に取っても、どうも気力が湧かずロックすら解除しなかったのに、今は頭に浮かんだイメージを忘れず書き留めておかねばと、勝手に手が動く。

(来年辺り、またオリジナル作品をやらせてもらえるかもしれないんだし)

そのための企画を進めるつもりだったが、他の仕事を回すことで手一杯だった。今まで停滞していたのが嘘みたいに、次々描きたいこと、やりたい演出が湧いてくる。

タブレットに絵を描き、メモを添え、夢中で書き殴っている間に、目の前で居心地悪そうにしている男の存在を忘れた。そもそもその存在が楡崎のイマジネーションを引っ張り出したというのに、すでに現実の佐々木駿という人間は形を失って楡崎の中で再構成され、まったくの別人として物語の中で動き出す。

我に返ったのは、喉がからからになったのと、ペンを強く握り続けて左手の親指のつけ根が痛くなってきたせいだ。

しかもろくに充電もしていなかったタブレットが、電力不足のアラートをつけている。楡崎が息をついてタブレットから顔を上げた時、駿がテーブルの上にコーヒーのカップを置くところだった。

「ん？」

既視感《きしかん》のある光景に、楡崎は時間が巻き戻ったのだろうかと馬鹿なことを考えた。つい先刻も、駿がこうしてコーヒーを淹れて、テーブルに置いた気がするのだが。

「すみません、気が散ってしまいましたか」

駿が、少し申し訳なさそうな表情で言う。

「さっきから、空になったカップを何度も口に運んでいるので、勝手に淹れ直しました」

言われて初めて、楡崎は自分がとっくにコーヒーを飲み干していたことに気づいた。駿がカップを取り上げたことも、コーヒーを淹れ直していたことも、まったく気づかなかった。

指だけではなく、肩も目の奥も痛む。タブレットの時刻表示を確認したら、二時間ほど描き続けていたらしい。体感では五分か十分というところだったのだが。

「すごい集中力ですね」

「ああ、悪いな。退屈だったろ」

ごきごきと首を鳴らしながら言った楡崎に、駿が小さく笑いを漏らす。

「何だ？」

「押しかけてきた人間に、押しかけられた人間が言う言葉じゃないなと思って」

もっともだが、それも押しかけてきた人間が押しかけられた人間に言う台詞じゃないなと楡崎は思った。

「最終的には俺が家に上がらせたんだ。それにおまえの淹れるコーヒーはまあまあうまいからいいんだよ」

何が『それに』で何が『いいんだよ』なのか自分でもわからないながら、楡崎はそのうまいコーヒーを啜った。

「もしご迷惑じゃなければ、この辺り、少し片づけていいでしょうか」

楡崎の前に膝立ちになって、駿が訊ねてくる。

「というか、キッチンはコーヒーを淹れ直すついでに片づけてしまいました。それにも全然気づかなかったようだから、ここを片づけても邪魔にはならないかなと……」

駿は散らかったテーブルを見兼ねたらしい。楡崎が立ち上がってキッチンに移動すると、たしかに洗い終えた皿も洗い籠から姿を消し、シンクや蛇口《じゃぐち》からは付くに任せていた埃《ほこり》と水垢《みずあか》が消え失せ、二口あるガスコンロも綺麗になっている。

「……おまえ、実は向原が差し向けた家事代行の業者か？」

「え？」

ピカピカになったキッチンを見て、楡崎はそう疑った。

「俺が休暇中に野垂《のた》れ死ぬんじゃないかと心配した知り合いから、家事代行を頼めってしつこく言われてたんだ。それもありかと思ったが、どこの業者にするかとか見積もりがどうとかお試しがどうとか相場がどうとか、考えるうちに面倒になって放っておいたから……」

「すみません、業者じゃありませんし、向原さん……？　という方も、知りません」

「……まあそうか、だったらさっきの電話で言うはずだろうしな、さすがに」

向原がお節介《せっかい》で家事代行を頼んだとしても、寸前になればその旨《むね》、楡崎に伝えるはずだ。

「家事の手際がよすぎないか？　若いのに」

自慢じゃないが、楡崎は家事全般が不得手《ふえて》だ。下手というより、面倒臭すぎてやる気が起きない。会社に泊まり込む時は近所の風呂屋に行き、ついでにコインランドリーで洗濯もするが、家にいる時は何もかもやりたくない。実はベランダに、出しはぐったゴミ袋が溜まり出している。このマンションは分別《ぶんべつ》に厳しくて、少しでも不手際があれば、エントランスに「ルール違反です！」の貼り紙と共に晒《さら》されるのだ。

「子供の頃から、家のことは俺の仕事でしたから」

微笑《ほほえ》んで、駿が言う。ああ、という楡崎の相槌《あいづち》は、どこか呻《うめ》き声のようなものになってしまった。

（そうか、家事がおぼつかないくらい年取ったばあさんと、二人暮らしだったのか）

その祖母が死んで三年、一人で自分の部屋を片づけたり、自分のために食事を作ったり、ゴミを出したり、洗濯物を干したり、していたのか。

——一人暮らしというのは楡崎自身だって同じはずなのに、駿がそうしている姿を想像したら、何だか胸というか胃の痛くなるような心地になってしまった。

初対面の相手にそこまで同情するのもおかしな話だが、いかんせん楡崎はそんな「何かを失った者」に対する感受性が強かった。

「片づけてもらえるなら、助かる」

だから気づいたら、そう答えていた。

駿がもう一度微笑んだ。嬉しげな笑みで、その表情にも楡崎は胸が痛くなった。これまでよほど寂しかったのだろうと、想像——いや、妄想してしまったのだ。

「貴重そうなものや大事そうなものには触りません。俺にいじられたくないものがあれば先に言ってください」

「この部屋は大丈夫だ、何かしら絵なり文字なり書いてあるものだけ、たとえゴミだと思えても捨てないでくれれば」

「ゴミなんて」

むっと、駿が眉根を寄せる。そういえばこいつは『楡崎監督』のファンなんだったっけ、と楡崎は今さら彼がここに押しかけてきた理由を思い出した。

「じゃあまあ、適当に、頼む」

「はい」

楡崎は再びテーブルの前に戻り、充電コードをさしたタブレットとペンを手にした。

嘘偽りないファン。ファンになりすました危険なアンチ。何かしらのパラノイア。アイディアを盗みに来たライバル会社のスパイ。やっぱり向原に頼まれた家事代行。楡崎は忘れているが以前どこかで会ったことのある知り合い。昔怪我をしたところを助けた鶴《つる》の恩返し。

駿の正体について、面白半分で妄想しながら、楡崎はいつしかまたアイディアスケッチに夢中になっていた。

# 2

（大らかというか、大雑把《おおざっぱ》というか……こう危機感がなくて大丈夫なのかな。こんなにすごい人なのに）

床に乱雑に積み上げられた雑誌を整えていた手を止め、無心にタブレットに向かう楡崎《にれざき》の顔を眺めながら、駿《すぐる》は思った。

（……って、これも、俺が言うことじゃないだろうけど）

楡崎が左手に握るペンは、まるで魔法の杖《つえ》だ。

魔法の杖は怖《おそ》ろしい速さでタブレットの表面を擦《こす》り、そのたび人や風景を象《かたど》る線が生まれている。ざっくりとした素描《そびょう》としか言い様のない絵なのに、それはどれもこれも今にも動き出しそうに見えた。

楡崎の集中が簡単に途切れるようなものではないともうわかっているが、駿は少しでもそれを妨《さまた》げないようにと、息を詰め、少し遠巻きにタブレットを覗き込んだ。

（すごい……）

駿がアニメーションというものをまともに観たのは、ここ数年のことだった。

家のテレビは大体ＮＨＫのままチャンネル固定されていて、子供向けの番組が始まれば、祖母はつまらなそうに別のチャンネルに変えた。

駿自身、子供の頃から馴染みがないので、アニメや漫画にまったく興味がなかった。

だから初めて楡崎の作品を目にした時、驚いて、体中がはち切れそうなほど興奮して、息もできないほどだった。

最初はその生き生きとしたキャラクターの動きに引き込まれた。表情、目線、睫《まつげ》や髪の細かい動き、唇の微妙な角度。体の動き、指先のひとつひとつまで、命が通《かよ》っているとわかる。生身の人間が相手なら絶対に取れないカメラワーク。めまぐるしく入れ替わる景色、キャラクターの音にならないはずの心の声が音として表される不思議。

何もかもに圧倒されて、アニメというものがこんなに素晴らしいなら、ちゃんと観てこなかった自分は何て馬鹿なんだろうと思い、慣れないインターネットに四苦八苦して動画配信サイトを契約し、いくつか作品を見て――立て続けに落胆した。

どれもこれも、楡崎の作るアニメのように、心に響かない。

最初から、楡崎佳視《よしみ》という監督の名前を知っていたわけではなかった。どうしても最初の感動をもう一度味わいたくて、落胆しながらも貪《むさぼ》るように新しい作品を観続けるうちに、また同じような衝撃を感じるものと出会った。

『気に入った作品ができたなら、同じ制作会社の作品を観るといいですよ』

それにしても世の中に溢れるアニメーション作品の数は膨大《ぼうだい》で、しかしスタッフロールを眺めてもこの作品を『誰が』作ったのかがさっぱりわからず、知り合いに訊ねてみると、そう答えが返ってきた。

『原作の漫画を読んでもいまひとつだったんでしょう？　そしたら、アニメのアレンジや表現方法が気に入ったってことだろうから。アニメって、制作会社によってクセとか傾向《けいこう》があるから、同じとこが作ったものを観てみたらどうでしょう』

なるほど、と思って、最初の二本と同じ制作会社の作品を観てみたが、あとはどれもぴんとこなかった。

ひとつだけ「これは」と興奮したものはあったが、全体的には退屈な作品で、ひとつの場面だけ強烈に印象付いたものだった。

『うーん、監督はどっちも違う人なんですよね？　そしたら演出とか作画監督で関わってる人が気に入ったってことかな。アニメに詳しい人が観れば、どの動きをどのアニメーターが描いたかっていうのも、わかるらしいですけど、僕もそこまで詳しくないからなあ』

何なら詳しい人に作品名を伝えて聞いてみましょうか。知人の申し出を、駿は断ってしまった。そうすればすぐに答えが出るのだろうが、何か、それは――もったいない気がして。

せっかく宝の地図をもらったのに、目の前にその宝がぽんと投げされるのは違うのではないかと。

（だからといって、宝の地図を手にここまで押しかけるのも、駄目なんだろうけど……）

タブレットに向かう楡崎はほとんど無表情なのに、ときどき何かが気に入らないのか低く唸《うな》りながら眉を顰《ひそ》めたり首を傾《かし》げたり、かと思ったら満足なものが描けたのかニヤッと笑みを漏らしたり。

（こうやって、生み出されるんだな）

毎日毎日アニメを観て、駿はやっと答えを得た。心が動いた作品には、必ず『楡崎佳視』という名前が出てくる。演出とか、監督とか、演出補佐とか、絵コンテとか、作画監督とか、設定とか、原画とか、キャラクターデザインとか、脚本とか、そのときどきによって肩書きは違う。

アニメというのは基本的に分業で、話を作る人がいたり、キャラクターをデザインする人がいたり、人や景色を描いたり、それらが動くところを描いたり、色を塗ったり、撮影したり、シナリオを書いたり、とにかく煩雑《はんざつ》な工程を経《へ》てやっと完成するものらしい。『楡崎佳視』もその作業をする人たちの一員だが、作品によっては、物語作りから脚本作り、キャラクターデザイン、演出、編集までほとんどを請《う》け負《お》っている。駿が何より好きになったのは、楡崎が初めてそれらを担《にな》った作品だった。二番目に好きな作品では絵コンテと演出のところに名前があった。

とにかく、少しでも楡崎が関わる作品を観たい。そう思って、ネットで検索して出てきたものを片っ端から観た。ＤＶＤの発売だけでインターネット配信がされていないものを手に入れるのは苦労した。長いテレビシリーズもあったからまだ観終えていないものもある。

それらをすべて鑑賞する前に、いてもたってもいられなくなってしまった。

この人に、会いたい。

会って話が聞きたい。

知りたいことがたくさんある。

（……今になって、自分のしたことが怖くなってきた……）

忘我《ぼうが》というのがふさわしい様子で手を動かし続ける楡崎を見ながら、駿は今さら肝《きも》の冷える心地を味わった。

視野狭窄《きょうさく》、という言葉が一番ぴったりだろうか。楡崎に会いたいと思った瞬間、それ以外のことが考えられなくなってしまった。都合とか、迷惑とか、そんなものが頭から吹き飛んで、とにかく会いたい。会わなければならない。そうしなければ――自分はもう、死んだも同然だと。

思い詰めた挙句《あげく》に、今こんなところにいる。通報されなかったのが果てしない幸運だ。そうじゃなくても、罵倒《ばとう》されて、叩き出されても文句は言えない。実際一度追い払われたのに、楡崎は見知らぬ女性に詰め寄られる駿を見兼ねて再び家に招き入れてくれた。

（やっぱりあんなすごいものを作る人は、何というか、どこか『ぶっ飛んでる』んだろうか……）

優しい、情に絆《ほだ》されやすい、と言ってしまえるのかもしれないが、こうやって得体の知れない男の前で無防備に座っている姿を見ると、それだけではない気がしてくる。迂闊《うかつ》な人、というのもまた違うような。

何にせよ間近で仕事ぶりを見られるのは僥倖《ぎょうこう》としか言いようがない。

この人がどうやってあんな作品を生み出せるのか、少しでも学びたい。

楡崎の手許《てもと》をみつめながら、駿も無意識に手を動かしていた。あちこちに散らばった雑誌やチラシやDMをまとめ、明らかなゴミはスーパーやコンビニでもらったと思《おぼ》しきビニール袋に詰め込み、脱いだままの衣類は軽く畳《たた》んで部屋の端に重ねる。

楡崎はまた一時間強、脇目もふらずスケッチのようなものを描き続け、そのうち片づけるものもなくなってしまった駿は少し離れた場所で正座して、その様子をみつめた。

「……めー……」

次に楡崎の手が止まったのは、どうやら肩や首が痛んできたかららしい。かなり前傾《ぜんけい》姿勢で低いテーブルに向き合っていたので、あちこち凝《こ》ってしまったのだろう。

「少し、ほぐしましょうか？」

「あ？　ああ……」

目も痛むのか、左手の指で目頭《めがしら》を押さえながら楡崎が呻《うめ》くように答えた。我に返ったわけではなく、未だ頭はタブレットに描き出している世界と繋がっているようだ。

呻き声を勝手に承諾と捉えて、駿は楡崎の背後に回り込むと、両肩をさすった。首のつけ根から腕の方まで掌《てのひら》をずらし、そのうち「ここ」というところを指で刺激していく。

「あー」

楡崎がまた唸った。

「何だこれ……おまえ、マッサージうまいな……」

どうやら気持ちいいらしい。

「祖母仕込みです」

楡崎は駿の手のされるに任せている。右腕の方はあまり触らないよう気をつけた。

「尺骨《しゃっこつ》……のあたりですか？」

楡崎のギプスは右腕の手首から肘《ひじ》の間にあった。

「ああ」

「単純骨折って言ってましたけど、それでもギプスをするんですね」

「最初は副木《そえぎ》だけだったのに、うっかり右腕使って治りが遅くなったせいで、医者にやられたんだ。普段あんまり意識してなかったけど、利き腕じゃないのに結構使っちまうもんだな」

「……こんなこと言うと、怪しまれるだろうなと承知の上で言いますけど」

「何だ？」

よほど駿のマッサージが気持ちいいのか、楡崎の声音は少しふわふわしている。こっそり身を乗り出して顔を見ると、声音どおり心地よさそうに目を閉じていた。

「ギプスが取れるまでの間だけでも、楡崎監督の世話をさせてくれませんか」

楡崎が目を開けて、駿を振り返る。

「掃除の時に、病院の袋をみつけました。痛み止めとは別に、何種類も……」

なるべく余計なもの、特に個人情報は目に入れないようにしたつもりだが、それは嫌でも駿の視界に飛び込んできてしまった。医療には詳しくないので、羅列《られつ》された片仮名の薬がどんな理由で処方されたのかまではわからないが、おそらく楡崎は怪我だけではなく何かしらの疾患《しっかん》を持っているのではないかと思ったのだ。

「さっき初めて姿を見た時、映画のパンフレットの写真よりずいぶん窶《やつ》れていて、驚いたんです。顔色もよくないし、怪我で運動量が減ったなら、むしろ太ったっていいくらいなのに」

「おまえ、よく見てるなあ」

楡崎が感心したように言った。詮索《せんさく》して不快に思われるかもと覚悟していたので、相手が面白そうな目になるのが駿には意外だった。やっぱり、普通とはちょっと違う人なのだろうか。

「たしかにそもそもは、体調崩してたんだよ。過労っていうか。腎盂炎《じんうえん》ってわかるか？」

「ええと、細菌感染で起こる病気、だったような」

「そう。ひどい高熱と寒気と痛みに襲われて、まあ風邪のたち悪いやつだろうと思って市販の風邪薬飲んで仕事続けてたんだけど、結局ぶっ倒れて、救急車で運ばれた。骨折はそのぶっ倒れた時」

向原《むかいはら》にはよくぞ左腕は守ったと褒《ほ》められた、と楡崎は胸を張っている。『向原』というのは仕事の仲間だろうか。多分それは、褒められたのではなく嫌味だろうし、皮肉を言われたことを楡崎も承知しているように駿には感じられる。

「最初は病院に一泊二泊すれば帰れるだろうって話だったのに、思ったより状態が悪くて、そのままずるずる半月入院だ。悪くても一週間で帰れる予定が、安静にしろって言われてたのにベッドにノーパソと液タブ持ち込んでこそこそ仕事してたのがバレた挙句、骨折の具合も悪いからって、医者がなかなか退院の許可をくれなくて」

キッチンは自炊している形跡《けいせき》はなく、テーブルの上は酒のつまみばかりだ。

自分が処分したゴミを思い出し、駿ははっとなった。

「ビールは……飲むには早いんじゃないですか？」

単純骨折ならおそらく完治まで一、二ヵ月、ギプスは大事を取ってだとしても、まだ外せないということは、退院からそれほど経《た》っていないのではないだろうか。

駿が指摘すると、楡崎は少々ばつの悪そうな顔になった。

「仕事してないと暇で、ついな。飲みたいってより時間を持て余して」

でも、と楡崎が手許《てもと》のタブレットを見下ろしながら続ける。

「もう時間が勿体《もったい》ないから、飲まないことにする」

「よかった。――昔の人が好むようなものばかりですけど、料理も作れます。見ず知らずの他人の手作りに抵抗があるというなら、買ってきたものを運んで、少し掃除や洗濯をして、すぐに帰りますから。だから俺に、楡崎監督の家の家事代行を、させてください」

先刻楡崎は『向原が差し向けた家事代行』と駿の正体を疑っていた。仕事仲間が家事代行を勝手に差し向けようとするほどの生活ぶりなのだろう。

そんなの、放っておけない。

「……」

楡崎は顎《あご》に手を当て、じっと駿を見たまま、考え込んでいる。駿は緊張して身を固くした。こんなふうに誰かに目の前で選別されるような場面は生まれて初めてだ。しかも、心底相手に頷いてほしいと願うのも。

「……わかった、なら、俺が仕事に復帰できるまで」

心臓が跳ね上がる。駿は喜びに胸がはち切れそうになった。

「はい、ぜひ、お願いします」

「ただし、万が一誰かに聞かれることがあったら、家事代行の仕事をもともとしてるって言えよ。突然押しかけてきたやつを家に上げた挙句に家のことをやらせるなんて知られたら、絶対、怒られて面倒臭い」

それもそうだ。受け入れてほしいとは思ったが、受け入れるなんてどうかしていると駿ですら思う。

「何か……保証できるものがあった方がいいですか、あ、まとまったお金を渡しておきましょうか」

駿は至極《しごく》真剣に考えて口にしたのだが、楡崎が思い切り噴き出した。

「おまえ、大胆なのか慎重なのかわかんねえな」

「そ……そうですか……？」

「まあいいや。社外秘のものは持ち出してないし、なくして困るほどの金も持ってないし。どうせ俺は家の中にずっといるから、おまえが何か悪さしようとしてもすぐに気づくだろ」

先刻のあの没頭《ぼっとう》ぶりからするとそうとも思えなかったが、気を変えられてほしくなかったので、駿は粛々《しゅくしゅく》と頷いた。

「ただし、弟子云々《うんぬん》っていうのは無理だ、人に絵についてだのアニメについてだの教えるなんて面倒臭い。講師関連の仕事もそれで全部断ってるんだ」

これには少し、いや大分《だいぶ》落胆した。ただ、絵やアニメについて教わりたいわけではなかったので、『楡崎佳視』の近くに居られるのなら駿にとってそれで充分だ。

「あと、楡崎監督っていうのもやめろよ。普通に楡崎でいい」

「わかりました。――まだ夕食は食べてないですよね、近くに遅くまでやってるスーパーがあったから、簡単なものでよければ作ってから帰ります」

「そりゃ助かる……が、スーパーの営業時間なんて、よく見てたな」

感心というよりは、怪訝《けげん》な調子で楡崎に言われて駿は少し焦《あせ》った。近所の店まで熟知しているストーカー辺りと勘違いされたら、余計な警戒心を持たれてしまう。

「たまたま目に入ったんです、うちの近所は早く閉まるところばかりだから珍しいなと思って……何か食べたいものや、逆に苦手なものはありますか？」

「大体何でも食べる。サラダだけとか野菜しか入ってないスープとかの健康によさそうなものは、腹の足しにならんからやめてくれ」

「わかりました」

「報酬は働きぶりで要相談だ。かかった経費はレシート残しておいてくれ」

「はい」

報酬などもらう気はなかったが、楡崎から言い出したということは、こういう状況でもただ働きなどさせられないと思う律儀《りちぎ》なタイプなのだろう。押し問答《もんどう》をしたくなかったので、駿はひとまず頷いた。

「というか、おまえ、身ひとつで来たのか？」

立ち上がって、床に丸めておいた上着を身につけている駿に、楡崎が言った。

「財布はポケットに」

「スマホとか」

「ああ……家に、置いてきてしまいました」

駿がそう答えると、楡崎は少し妙な顔をした。今どきスマートフォンや携帯電話を持ち歩かない二十代男性なんて、珍しいというか、異様に映るのかもしれない。

これ以上何か聞かれる前に、駿は「いってきます」と告げた。「おう」と返事があるのが、それだけで何か胸に沁《し》みるくらい嬉しかった。

玄関から廊下に出ると、駿の素性《すじょう》について詰問《きつもん》してきた女性はとりあえずいなかったので、安堵する。

もたもたしていたらまた見咎《みとが》められてしまうかもしれないとは思ったが、駿は少しその場に立ち止まり、外の景色を見遣《みや》った。

楡崎の住むマンションは五階建てで、少し古い造りだ。最近のタワーマンションのように共用廊下が建物内部にあるのではなく、外と面している。楡崎の部屋がある二階からは、玄関を出てすぐマンションの中庭が見えた。小さな自転車置き場を囲むように生《い》け垣《がき》があって、さらにその周囲に椿《つばき》、キンモクセイ、桜などの木が植わっている。どれも花はつけていないが、時期になれば廊下から階段を下ってマンションの敷地を出るまでの間、住民の目を楽しませてくれるだろう。

（楡崎監督……楡崎さんも、そういうものに、心を動かすだろうか）

日頃何を感じて、何を考えれば、あんな作品が作れるのか。

直接教えてもらえないのなら学び取るしかない。駿はどんな小さなものでも気づきたくて、スーパーに向かってゆっくり歩き出した。

◇◇◇

楡崎の家には炊飯器の存在すらないことは確認していたので、駿はスーパーで米や食材を買って戻ると、とにかく鍋で米を炊《た》き、鶏肉多めの煮物とタコとわかめの酢《す》の物を作った。卵焼きは残念ながら出来合のもの。あとは、簡単に摘《つま》んでそれなりに腹の膨《ふく》れそうなチーズやパン、レンジで温めるだけで食べられるソーセージなどを、取り出しやすい場所にしまっておく。腹が減った時に、面倒だからとスナック菓子ですまされるよりはいくらかましだろう。

本当はもっと品数を増やしたかったし、日持ちしそうな常備菜《じょうびさい》もいくつか作っておきたかったのだが、この家にある鍋はそこそこ量の入りそうな両手鍋と片手鍋だけだった。両手鍋は新品同様、片手鍋はコンロの上に水を張ったまま出しっぱなしだったので、多分レトルトパックを温めることくらいにしか使われていない。楡崎は怪我や病気云々《うんぬん》という以前に料理をしないタイプに違いなかった。包丁すらみつからなかったので、具材は全部果物ナイフで切った。

初日からあまり居座るのも迷惑だろうから、食事の支度をすると、駿は楡崎の家をあとにした。

「料理があまりたくさん作れなかったので、明日また来ます」

「昼までは寝てるかもしれないから、早くても三時以降にしてくれ」

「わかりました、おやすみなさい」

駿の挨拶《あいさつ》に、楡崎はただ頷く。駿は深々と頭を下げてから、玄関のドアを閉めた。


予告どおりの翌日の四時頃に、駿は再び楡崎のマンションを訪れた。楡崎は寝起きの顔で、欠伸《あくび》混じりに駿を迎え入れてくれた。

「さっき寝たばっかりなんだ……もうちょっと寝る」

楡崎はそれだけ言うと、さっさと居間に戻り、ソファに転がってしまった。

駿は玄関を施錠《せじょう》してから、小声で「お邪魔します」と告げて部屋に上がる。

まずキッチンを見ると、煮物が入っていたはずの片手鍋は、綺麗に空《から》になっていた。今日の朝昼用にと作っておいた握《にぎ》り飯《めし》も全部消えている。口に合ったのか、他に食べるものがなくて仕方なくなのかまではわからないが、完食してくれたことが駿には嬉しかった。

「よし」

今日は大きな鞄《かばん》を背負ってきたので、それを床に下ろすと、中から鍋やフライパン、包丁、俎《まないた》、菜箸《さいばし》や玉杓子《たまじゃくし》に木べらなどを取り出した。この家に買い足したところで、家主が使うとも思えないので、自分の家から運んできたのだ。それから途中のスーパーなどで買ってきた食材や調味料類。

また米を炊くところから始めて、空いているコンロでふたつの鍋とひとつのフライパンを駆使して、調理を始める。合間に洗濯機を回し、目についた部分を掃除して、とやっているうちに、楡崎が目を覚ました。駿がやってきて二時間と少し経った頃。

「食事、食べますか？　夕飯には少し早いかな」

「いや……腹減った……」

寝惚《ねぼ》け眼《まなこ》で楡崎が言う。

「すぐに支度します。あと、勝手に洗濯物をベランダに干しておきました。ついでに風呂とトイレ掃除も」

「働きもんだなあ」

欠伸混じりに楡崎が言って立ち上がり、寝起きで喉《のど》が渇《かわ》いているのか水を汲《く》みにキッチンに向かった。水を飲みながら、不思議そうに辺りを見回している。

「これ、持ってきたのか？」

コンロに載せられた鍋、それに包丁や俎など、見慣れないものが目についたのだろう。

「おばあちゃんから受けついだのか？」

「いえ、祖母は料理はしない人でしたから、生前からずっと俺が使ってました。曾祖母《そうそぼ》から受け継いだ感じなのかな、会ったことはないですけど」

「ふーん……。お、生姜焼《しょうが》きか」

フライパンの中身を見た楡崎の声音がわずかに弾む。好物だったのかもしれない。あとは付け合わせにほうれん草とコーンのソテー、シジミの味噌汁《みそしる》、卵焼き、ご飯は白飯ではなく鮭《さけ》とネギの炊き込み御飯、箸休《はしやす》めにミョウガと豆腐《とうふ》のサラダ、ほうれん草の胡麻汚《ごまよご》し。

「おい、豪勢だな」

「どれかひとつでも口に合えばと思って。本当に地味なものしか作れないので、せめて品数を用意したかったんですけど、足りますか。いや、メインが豚肉なのにご飯にまで鮭を入れたのはくどかったかな、でも、なるべく蛋白質《たんぱくしつ》があった方がいいのかなとか……」

「充分だし俺は肉と魚は多い方が嬉しい」

「よかった。座っててください、運びますから」

楡崎は駿が皿に盛った料理を運ぼうと手を出したが、病み上がりかつ怪我人にやらせるわけにいかない。

「食べてる間に、明日の昼までの分も用意しますね。勝手に献立《こんだて》を考えたけど、何かリクエストがあったら教えてください」

「献立は何でもいいけど、おまえは、食べないのか？」

楡崎がリビングのテーブルの前に腰を下ろしながら訊ねてきて、駿は少し驚いた。そんなつもりは微塵《みじん》もなかったからだ。

「そこまであつかましいことは、ちょっと」

「帰ってまた料理を作るのは面倒じゃないのか」

どうやらこの楡崎という人の行動基準は、「面倒か」「面倒ではないか」にかかっている気がする。

「それとも――まさか俺にこんな料理を作っておいて、自分はコンビニ飯ですませるとか、食べない時もあるとかいうわけじゃないだろうな？」

駿は言葉に詰まった。実を言えば楡崎の指摘のとおりだったからだ。元々が小食で、それでも毎日しっかり料理を作っていたのは祖母のためで、彼女が亡くなってからは空腹を自覚した時にちょっとした料理を作って摘むか、栄養補助食品などですませてしまうだけだった。

目を伏せる駿の反応を肯定《こうてい》と取ったのだろう、楡崎が自分の座るテーブルの向かい側を左手の指で叩いた。

「量は充分あるだろ、おまえもここで喰え」

「迷惑じゃ、ありませんか」

「四の五のうるせえな」

楡崎は反論を許さない。駿は慌てて、自分の分も適当な茶碗《ちゃわん》に炊き込み御飯を盛り、箸《はし》を借りることにした。

「生姜焼きは全部楡崎さんが食べてください。俺はそんなに、肉が好きではないので」

「医者の不養生《ふようじょう》とか、大工の掘っ立てとか言うんかね、こういうのも」

呆れられて、駿は恥じ入る気持ちになった。たしかに勝手に楡崎の世話を焼いておきながら、自分はいい加減な生活をしていたのだ。そう言われても無理はない。

とにかく急いで自分の食事の支度もして、駿は楡崎の前に座った。

「いただきます」

楡崎が行儀よく手を合わせて言う。

「はい。いただきます」

駿もそれに続いた。

「でもまあ、おまえの料理は相当うまいな。和食ばっかりなのも気に入った」

「よかった。本当に、こういうものしか作れないので。洋食でも、ハンバーグとかシチューとかの王道なら大丈夫ですけど」

「ハンバーグはいいな。シチューはあんまりだけどカレーも好きだ。あと唐揚《からあ》げ、大蒜《にんにく》と生姜がたっぷり効いたやつ」

「覚えておきます」

楡崎は左手で箸を持ち、ぱくぱくとよく食べた。リップサービスではなく料理を気に入ってくれたようだと、駿はほっとする。

「病院食がとにかく合わなくて地獄だった。量が少ないわ薄味だわ冷たいわ、こっそり海苔《のり》の佃煮《つくだに》を持ち込んだら看護師にみつかって叱られるわ」

「内科なら特に、ちゃんと病院の指導に従わないと駄目ですよ」

「重湯《おもゆ》が最悪だな。あれを食べるくらいなら点滴で生きる方がいい。この炊き込みご飯、ちょっとうますぎるんじゃないか」

楡崎はご飯のおかわりを要求してきた。駿は喜んで空になった碗《わん》に炊き込みご飯をよそう。

「炊飯器は買っておくといいですよ、米さえあれば、納豆でも卵かけご飯でもおかずになりますから」

「まあ、ここが治ったらな。これじゃ納豆は掻《か》き混ぜられん」

ギプスの嵌《は》まった右腕を上げて楡崎が言う。箸は持てても、器《うつわ》を押さえられなければ納豆は難しいだろう。

「この状態で、退院して一週間くらいですか？　こんなことを聞いていいのかわからないけど……仕事は、大丈夫なんでしょうか」

「大丈夫ではない。俺が絵コンテやるはずだったテレビシリーズは、最後の三話だけ別の奴がやることになった」

楡崎が仏頂面《ぶっちょうづら》になる。

「監督やる予定で入りそうだったコミックスの特典映像もパァだ。俺はできると言ったのに、絵コンテは看護師にうるさく止められるし、特典映像ももう別の奴を手配したとか向原がぬかしやがるし、くそ、本当ならこの時期作打《さくう》ちだって入ってたし、次の劇場版のイメージボードだっていい加減仕上げなきゃならないのに、勝手に後ろ倒しにしておいたとか言われるし……」

途中からは、駿に対する返事というより独り言の恨み言のような響きになっている。

「倒れた俺が悪いんだろうが、そもそもいつだってスケジュールがぐちゃぐちゃなんだよ、いやそれも俺が遅らせてるせいってパターンもあるけど。でも多少無理すりゃできないわけがない、今までもそれでやってきたんだからいけるって言ってるのに、あの野郎『おまえだっていつまでも若いわけじゃないんだから、そろそろ踏ん張りが利《き》かなくなる、今のうちに修正しろ』なんて偉そうに、自分だって万年ゾンビみたいな顔で歩き回ってるくせに。それも俺のせいが三割くらいあるけど」

とにかくアニメの監督というのは、大変な仕事なのだろう。

「腎盂炎はもうすっかりいい。あとはこの腕が治ればいいだけなのに、無理矢理一ヵ月以上も休暇にしやがった。あと十日、まあ次のオリジナルのために今浮かんでるのを纏《まと》めるのに集中できるのはありがたいけど、復帰したあとに俺の仕事がなくなってたら無意味になるだろうが」

「そんな、仕事がなくなったりするものなんですか。楡崎佳視なのに」

思わず駿が口を挟むと、楡崎にじろりと視線を向けられた。

「おまえみたいな濃いめのアニメファンは、そうやって自分が気に入った監督だの作品だのが世間一般でも認められてるって勘違いするんだよな。そりゃおまえの名前と同じ監督レベルなら、一ヵ月どころか一年二年、十年でも待ってくれる相手はいるだろうよ。俺も最近はぜひ楡崎でって名指しのオファーが来るようになったけど、動けないってわかればすぐ別のやつの名前が挙がる」

「でも……楡崎さんが作るものは、楡崎さんにしか作れないのに」

「そりゃ、オリジナル作品の場合はな。だが原作もの、特にテレビシリーズはいかに原作に寄り添うかが大事だ。原作者がぜひにって名指しして、こいつじゃなければ許可できないとでも言わない限り、伝手《つて》かネームバリューかスケジュールの都合でどんどん決まっていくよ」

二杯目の炊き込みご飯を掻き込んでから、楡崎が「あ」と声を漏らした。

「勘違いするなよ、俺は原作ものも好きだし、仕事回してもらえるのはありがたいと思ってる。どれも真面目に、全身全霊で打ち込んでる。状況が許す限り」

「状況？」

「アニメってのは、大勢で作るものだからな。放映する側とか、原作側とか、売る側の都合もある。スタッフの都合で、『俺はここまでやりたいのに』っていう理想に届かないこともある。最高のスタッフを揃えて、ひとつの作品に何年もかけられる金と伝手と運があれば別だけど、そんなのよほどの大御所だってほとんどない。与えられた時間と人員でどう回していくか……っていうのはまあ、監督がってより、制作進行の仕事だけど」

「制作進行……」

知らない肩書きに、駿は首を捻《ひね》る。

「平たく言えば、マネージャーだ。諸々の管理をする……って、おまえ、あんまりアニメ詳しくはないんだな。きょうびのオタクは、訳知り顔で作監《さくかん》がどうとか、制作管理っていうのは云々とか、語りたがるのに」

「すみません……実は、アニメ自体、最近になってやっと観始めたくらいなので」

「……おまえ、電波の通じない山奥か、日本のアニメの輸出が禁止されてる国にでもいたのか？」

真顔で聞かれてしまった。

「祖母が、あまり観せてくれる感じではなくて……」

「ふうん、祖父母世代なら、まだそういう感じだったのかね。Eテレ一辺倒《いっぺんとう》とかか？」

「そう、ですね、そんな感じです」

「何だ、口籠《くちご》もって」

「あ、いや、アニメ制作を生業《なりわい》にしている人に、観てないとか、失礼な言い種《ぐさ》だったかなと」

「今観てんなら充分だ。逆に『卒業』とか言われる方がこたえるぞ、『まだそんなの観てんの？』とか、『いつまでもアニメ作りたいなんて子供みたいなこと言ってるなよ』とか」

「言われたんですか？　楡崎さんも」

「家族と、教師と、友人連中にもな。高校時代、進学校だったのに急にアニメ作りたいから美大に行くって言ったら、止められたし笑われた。美大だって充分狭き門で受験大変だったっつーの」

言われたことを思い出したのか、楡崎は不機嫌だ。どうも割合、怒りっぽい人らしい。

「最近はいい歳してアニメを観てても不思議じゃないし、いっそ子供と一緒に観るような傾向が出てきてありがたい。俺が中高の頃は、まだアニメに夢中になってる奴は低俗だって堂々と言い放たれるような時代だったから」

皿に最後に残った鶏肉を摘んでから、楡崎が駿を見て不意に笑顔になった。

「だからおまえは、運がいい。今どきアニメを好きなだけ観ても、悪く言うやつはいないだろ。逆に、流行《はや》ってるのを追いかけてないのを馬鹿にされたりする始末だ、それもどうかと思うけど、俺は」

それまで仏頂面だったのが、急に笑顔を向けられて、駿は動揺した。

笑うと、どちらかといえば強面《こわもて》だったのが、優しく、柔らかくなる。

(ああ……繋がった)

唐突に、駿の中で胸に落ちるものがある。

「どうした、ボケッとして」

「……正直楡崎監督本人を間近で見ても、あまり、ぴんとこなかったんです。ああいう作品を作った人が目の前にいるって……でも今、急に、実感が湧いた」

「何だ、本当に、急に」

「楡崎監督の作品は、優しいじゃないですか。どの作品も、すごく、愛に溢れている」

駿は目を伏せて、これまで観た作品を、ひとつひとつ思い返してみた。

「状況は苛酷《かこく》だったり、難しい設定だったりしても、出てくる人たちはみんな信念があって、絶対にひとつ大事なものを胸に秘めている。一見利己的《りこてき》に見える人も絶対に愛する人がいて、自分を守ることはその人を愛する誰かの心を守ること、究極的には相手の存在や人生を肯定することになっている」

それらはあまりストレートに台詞で表されることはないが、キャラクターの行動や景色や効果、音楽で表されている。

「……あんまり目の前でどストレートにそう言われると、さすがに……」

目を上げれば、楡崎はこれ以上はないというほど不機嫌な顔になっている。眉根は寄っているし、鼻の頭に皺《しわ》は寄っているし、唇は歪《ゆが》んでいるし。

駿はまじまじと楡崎の顔をみつめた。

「すごく、照れてる……？」

「おまえそういうのは口に出すな。言っただろ、褒めるならSNSに書いて拡散してくれ。あとでこっそり見にいく。ついでに作品の動画配信サイトに誘導してくれ。言うまでもないけど違法アップロードじゃなくて、課金コンテンツの方だぞ」

「すみません、ネットに疎《うと》くて、ツイッターやインスタグラムは、やってなくて」

「ここは笑って流せ、真面目か」

楡崎にしかつめらしい顔で言われて駿は首を竦《すく》めかけたが、どうやら叱られているわけではなく、照れ隠しの続きであることはわかったので、もう一度謝るのはやめた。

ただ、どうしても視線は自分の膝に下がってしまう。

「どうしたら、そんなものが、作れるんでしょうか」

楡崎に会ったら、それが聞きたかった。

「楡崎さんの作るものは、見ているど胸の奥がぐらぐらして、泣きそうになる」

「難解でわけわかんねえから星一ですっていうレビューもよく見かけるけどな」

「難解です。決して発露《はつろ》の仕方はストレートじゃないし、ひねくれてるけど、でも真芯にひとつ愛がある」

「おまえ、愛愛って、そんな何度も……」

「泣きそうになるのに、でも、泣けないんです」

テーブルに箸を置き、駿は膝の上で拳《こぶし》を握り締めた。

「涙が出ない。泣くところまで行けない」

「そりゃあ……俺の作品がそこまでおまえに響かなかったってことで」

「違います」

強い口調で、楡崎の言葉を遮《さえぎ》る。

「俺、生まれてから一度も泣いたことがないんです」

「一度も？」

「はい。転んで痛くてとか、目にゴミが入ってとかで涙が出たことは、勿論《もちろん》、あるんですけど。悲しかったり、嬉しかったり、怒りすぎて泣いたりしたことが、覚えてる限り一度もない。

――祖母の葬儀でも泣きませんでした」

「……」

「泣きたいと思ったこともない。それは異常だ、とある人から言われました。二十年以上も生きていて、涙を流したことがないのは、おかしいと。人としてどうかしてる」

「……俺は、他人に向かって異常だとかどうかしてるって言い放つ方が、よっぽどどうかしてると思うがな」

楡崎の声が低くなった。おそるおそる顔を上げると、仏頂面という以上に、不快げな表情をしている。

「感情の表現なんて人それぞれだろ。泣き喚《わめ》きゃ人より悲しんでるってわけじゃない。大声で怒鳴る奴ほど大して怒ってなかったりする」

「……そう……でしょうか……」

そう、と楡崎が深く頷いた。

「でなけりゃ、アニメなんて必要ないだろ」

「え？」

突然論理が飛躍した気がして、駿は面喰らって顔を上げた。

「アニメも、漫画も、小説も音楽も、演劇や踊りも、表現と呼ばれる何もかも。言葉や身振り手振りだけで伝わるなら、わざわざしち面倒くさい思いをしてそんなものを作ったり、受け取ったりすることはない。ひとつの言葉にできない気持ちが嫌ってほどあるから、別のものに託して伝えるんだよ」

楡崎はじっと、深い、奥に吸い込まれそうな眼差しで駿を見ていた。駿は少し怖くなってまた目を伏せたくなったが、瞬《まばた》きすらできずに、ただそれを見返す。

「だから、泣く代わりにその気持ちを別の手段で吐き出せばいい。……なるほど、おまえ、本当に何かしら作ってる人間だったんだな」

「え……」

ひどく納得した様子で、楡崎がひとり頷いていた。

「泣けないから、代わりに何か作りたくて、俺のところに来たんだろ。今自分の気持ちの中にあるものを、泣く以外の方法でどうにか吐き出したくて、その手段を探しにここまで来たんだ」

「……」

言葉では伝わらないものがあるなんて本当だろうか、と駿は疑った。

今、楡崎に言われた言葉が、こんなにも自分の中に深く刺さって、心が揺り動かされているというのに。

「俺は何かしら作ってる奴のことは好きだから、できれば力になってやりたいけどな。具体的にこれって方法がわからん、俺が大学で習ったのは理論だの技法だのだったけど、まあそういうところからのアプローチもありか……？」

自問自答するようにぶつぶつと楡崎が呟きながら、立ち上がった。

「ちょっと、来い」

言われるまま駿も立ち上がり、楡崎のあとについて一度廊下に出た。駿が今まで入ったことのない部屋のドアを楡崎が開ける。寝室のようだ。中は毛布がぐしゃっと丸まってベッドの上に放って置かれている以外は、綺麗に片づいていた。居間のソファにも毛布があって、あの辺りは脱いだ靴下だのシャツだのが散らばっていたから、楡崎は主にソファで寝起きしているのだろう。

楡崎が灯りをつけ、部屋の奥にある両開きのクローゼットを開けた。中のスペースの半分は服の収納に使われ、残りの半分は本棚で占められている。大判の漫画やパンフレットのようなもののほか、映像技術やアニメーションに関する本、脚本術、作品の批評本などが並んでいた。

「学生時代に読んだのや、仕事でアニメをやるようになってからいろいろ迷走してた時に何とかしようと思って足掻いて読み漁《あさ》ったうちで、まあまあ為になったやつを残してある。気になるのがあったら、好きに読めよ」

「すごい……」

駿がこれまでまったく触れたことのないような本ばかりだった。駿はふらふらと引き寄せられるように本棚に近づき、あれこれと手に取ってみる。

「いろんな本があるんだな」

「でかい本屋の専門フロアに行かなけりゃ、目につかないかもな。あとは、ひたすら作品を観る。アニメに限らず映画でもドラマでも何でもいい、少しでも心が動かされるタイトルや惹句《じゃっく》があれば観て、どこがよかったのかを分析する」

ハリウッド脚本技術と書かれた本を手にしたまま、いつの間にか後ろに下がって自分を見守っている楡崎を、駿は振り返った。

「すごい……いろいろ勉強して、たくさん考えてるんですね」

楡崎がぎゅっと鼻の頭に皺《しわ》を寄せた。

「そりゃするだろう、俺は勝手に一部のファンから天才だの感覚だけでやってるだの言われてるけど、ちゃんと試行錯誤《しこうさくご》して計算して作ってるんだ」

「俺も、感覚で作ってるんだと思いました。目に見えたり感じたものを、そのままアニメにしてるんだろうなって、勝手に」

楡崎のアニメには、抽象的《ちゅうしょうてき》なシーンがよく出てくる。現実ではない世界でキャラクター同士が会話を繰り広げたり、暗喩《あんゆ》があちこちにちりばめられているから、『難解』と言われるのだろう。

「目に見えたものをそのまま描いたって仕方がないだろう。一度俺の中に入って歪んだものを、他のやつの目から見てもそう見えるようにコントロールする。見える、ってのは少し違うな、それを観た時に受けた感覚の再現だ。赤い林檎《りんご》を見た時、『赤い』『丸い』だけじゃなくて、林檎の甘酸《あまず》っぱさや冷たさ、香りを思い出すだろ。でも林檎を見たことがないやつは、赤くて丸いことしかわからない。そういうやつにも味や触感や香りを伝えるのが表現ってことだ」

流れるような揄崎の言葉を、ひとつも漏らさず覚えようと駿は必死になる。目を閉じて頭に叩き込んだ。それから、溜息を漏らす。

「すごいな……そんなの俺、考えたことも……考えようとしたこともなかった」

「まあ理詰めというか理論が先に立つとどうも頭でっかちで型にはまったつまらないものになりがちだけど、表現したいものが突っかかって出てこない時、理論は役立つぞ」

駿はなかなか言葉が出てこずに、ただただ頷いた。何だか胸が一杯だ。

「どの本も、読んだあと戻しておいてくれるなら、どれを持っていってもいい。あとあれだ、納戸《なんど》に俺が作ったのとか他のやつが作ったアニメが山ほどあるから、見たいなら好きに持っていけ」

「……ありがとうございます……」

溜息混じりに答えた駿に、楡崎が苦笑した。

「何だそんな、びっくりした顔して」

「……何だろう……言葉にできない……」

必死に声を絞《しぼ》り出すと、楡崎に今度は声を上げて笑われてしまう。

笑われたことを恥ずかしいとも思えないまま、駿は楡崎を振り返った。

「……初めて人と話をした気がする……」

自分でも意味のわからないことを呟いたと思ったのに、楡崎は聞き返すこともなく、また笑い声を立てることもなく、ただ目許《めもと》で微かに笑った。

それから楡崎は、いつの間にか床にへたり込んでいた駿の肩を、軽くぽんぽんと叩いた。

「おまえ、まだメシ終わってないだろ、戻って喰え」

胸が一杯すぎて、これ以上体の中に何か入れられる気もしなかったが、駿はぼうっとしたまま頷いた。

タブレットではなく、自分まで魔法に掛けられた気分だった。

# 3

（何なんだろうな、あいつは）

食べ終えた二人分の夕食を片づけ、夕食と明日の分の食事も怖《おそ》ろしい手際のよさで仕込みながらも、駿《すぐる》はどこかぼんやりしていた。

気抜けしている感じでもなく、夢見心地というのがぴったりだろうか。

ふわふわした足取りのまま帰っていった。途中で転ぶなよ、とからかい半分で声をかけたが、耳に届いた様子もない。

（純粋に俺のファンってわけではないのだけはたしかだろうが）

アニメを観ずに育ったというのは本当らしく、山ほどのDVDやブルーレイを見せてやっても、日本を代表するような作品ですらぴんと来ない様子だった。

楡崎《にれざき》とのコネを頼って労《ろう》せずうまい汁を吸おうと近づいて来たやつらとも、やっぱりどうも感じが違う。

（それにまた何か、思い出す……）

駿のおかげで綺麗に片づいた居間、ソファ前のテーブルにタブレットを載せ、手にしたペンをくるくる指で回しながら、楡崎は軽く眉根を寄せる。

雪の中にいる真っ黒い男が描かれたタブレットの画面。気の赴《おもむ》くままスケッチしつつ、楡崎の中ではずっと同じイメージが佇《たたず》んでいた。

（雪……の中を、ひたすら歩く……足許《あしもと》で、ぎゅ、ぎゅ、と雪が潰れる……）

男はひどく寒そうに見えるが、それは吹雪《ふぶき》の中を歩いているせいではない。男自身がまるで体温のない人間のように見えるのだ。

「あ」

急に、思い至った。急いでその辺に転がしておいたスマートフォンを引っ張り寄せ、電話をかける。すぐに相手が出た。

『どうした？』

「去年の春かその前くらいに、これのアニメ化をやりたいって言ったら、おまえが即『地味だから無理じゃないか』って言ったやつがあっただろ」

電話の向こうで、向原《むかいはら》が面喰らったような気配が伝わってくる。

『何だよ藪《やぶ》から棒《ぼう》に。あったっけ？』

「小説の短篇集の中の一本で、何かこう、全体的に白い表紙だったような。多分そっちに置きっぱなしだと思うけど、俺の机の周りにないか？」

向原は探してくれたが、みつからなかったようだ。

『見えるところにはないな。企画書作ったりはしてないよな、だったら俺も覚えてるし』

「俺もその時の思いつきっていうか、絵に起こして動かしたらちょっとおもしろそうだなと思ったけど、たしかに筋立《すじだ》てらしい筋立てもなくて、短篇だったたし、それを原作にしてやるにも難しそうだからって一旦忘れたんだよ。うちに持って帰ってきたっけな……」

『気になるならまあ、もう少し探しておく。っていうかおまえの机が乱雑すぎて、いろいろ退《ど》かさないとみつからないんだっての』

「適当に掘り返しておいてくれ。いや、俺が行こうかなそっちに」

『馬鹿言え、医者のお墨付《すみつ》きが出るまでは出勤禁止って言っただろ。ちゃんと医者通ってるか？　メシは？』

「次の診察は来週、メシは――いいもん喰ってるぞ、ちょっと待て」

作画資料になるかと思って撮っておいた画像を、向原に送ってやる。向原が驚いた声を上げるのを、楡崎はにやつきながら聞いた。

『おいおいどうしたよ、まさか楡崎が料理なんてするはずないし、昨日俺に言われて、やっと家事代行頼んだのか？』

「まあ、そんなところだ。ついでにオリジナル次回作の構想も練りつつある」

『そりゃいいことだけど、無理はするなよ』

「今は上げ膳据《ぜんす》え膳《ぜん》だから大丈夫だ。じゃあな」

あまり『家事代行』について追及されないうちにと、楡崎は電話を切った。

しかし、目当てのものがみつからなかったのは残念だ。

(もう一回読んだら、もっとイメージが膨《ふく》らむ気がするんだがな……)

あの作品をそのままアニメ化するのはいろいろな意味で無理だろうから、それをモチーフとして、世界を拡《ひろ》げていきたい。

楡崎の頭の中で、また真っ白い雪が吹き荒れた。

『泣きそうになるのに、でも、泣けないんです』

黒ずくめの男が言う。

——泣けない代わりに雪が降っているのだ。

そう思いついた途端、楡崎は電話をするためにテーブルに置いたペンを再び手にとり、怖《おそ》ろしい勢いでタブレットの上に滑《すべ》らせ始めた。

◇◇◇

駿は翌日も昼過ぎに姿を見せた。寝起きでぼんやりしていた楡崎の頭が覚醒《かくせい》したのは、あまりにいい匂いが部屋中に漂っていたからだ。今日のメニューは山盛りの唐揚《からあ》げにポテトサラダにミニトマト、きゅうりの浅漬《あさづ》け、豆腐《とうふ》と油揚《あぶらあ》げの味噌汁《みそしる》。気づいた時には二人分がテーブルに並んでいる。楡崎が「トマトはあんまり……」と呟くと、駿は黙って楡崎の皿から自分の皿にトマトを移した。

「起き抜けで、食べられますか？」

「聞け、この腹の音を」

誇張《こちょう》ではなく、楡崎の腹が鳴っている。昨日駿が作り置きしてくれた夕食も朝食も食べたというのに、腹ぺこだ。

「よかった、ずいぶん回復してきてるんですね。体が栄養を欲してるんですよ」

駿が微笑《ほほえ》む。どことなく控え目で静かな笑い方は最初からだったが、昨日の夢見心地の顔が消えてしまったことが、楡崎にはなぜか物足りない。

食事のあと、駿は大きな鞄から、昨日持ち帰った分厚《ぶあつ》い本を三冊取り出した。

「これ、ありがとうございました」

「何だ、読まなかったのか？」

文字も詰まっているし、入門書的なものを渡したとはいえ専門的な用語も頻繁《ひんぱん》に出てくるので、アニメに馴染みのないという駿はあっという間に音《ね》を上げてしまったのだろうかと思ったのだが。

「え？　いえ、読み終わったので」

「――嘘だろ」

楡崎は呆気《あっけ》に取られた。学生時代、今よりもっと体力と集中力があった楡崎でも、一冊読むのに二日三日かかったというのに。

「ちゃんと読んだのか？」

「一応、全部目は通しました。理解できてるかはまだあやふやなので、他の本もまた持って帰っていいですか」

「それは勿論《もちろん》……いや、しかし、早すぎないか？」

「そうなのかな。昔から本ばかり読んでたので、読み慣れてるのかもしれません。でもさすがに、睡眠不足です」

言われてみれば、駿の目は充血気味で、瞼《まぶた》も腫《は》れぼったい。たとえ徹夜だとしても、早いことには変わりがないが。

「眠たいなら無理して来なくてもよかったんだぞ、今日」

「でも他の本も読みたいので。今までまったく読んだことがない分野の本だったから、すごく楽しくて」

そう言ってから、駿が「あ」と言葉を一旦止めた。

「あの……それに、楡崎さんのお世話もしたいので」

楡崎はたまらず噴き出してしまう。

「別にいいって、本目当てだって正直に言っても」

「自分からやらせてほしいと言い出したことですから……」

「昨日作ってくれた常備菜《じょうびさい》がまだあるし、眠たいならその辺に転がって寝てていいぞ。それとも、ここで他の本を読んでくか?」

「いいんですか?」

恐縮して断るだろうと半分くらい予測していたが、駿は楡崎の言葉にぱっと表情を明るくした。楡崎はまた噴き出すのを堪《こら》えるのに苦労してしまう。うずうずしている様子の駿を見兼ねて、すぐに寝室に案内してやった。駿はクローゼットの前に膝をつき、次はどれを読もうかと、一生懸命吟味《ぎんみ》している。

「そうか。おまえ、子供の頃にアニメを観せてもらえなかった代わりに、本ばっか読んでたんだろ」

「漫画もゲームも駄目でしたけど、小説や図鑑なら、許してもらえたので……」

本に気を取られているのだろう、少しうわの空という調子で駿が答える。

「家から歩いていける距離に市の図書館があったから、しょっちゅう入り浸《びた》ってました。少しでも暴力的だったり、恋愛描写があったり、ミステリなんかは、持って帰ると叱られて捨てられてしまうから、そういうのは図書館で読むようにして……でも五時には閉館だったから、急いで読む癖が……ついたのかな……」

あとはもう手に取った本に夢中で、駿の言葉は止まってしまう。居間に戻るのも待ちきれないのか、その場で読み始めてしまった。

邪魔をするのも悪い気がしたので、楡崎は駿を置いて居間に戻った。

（結構締めつけの厳しい家だったんだな）

そういう楡崎も、両親や年の離れた兄姉が医者だったり大企業の重役といったエリート一家だったから、特に勉強に関して厳しい方だった。その代わり試験の結果がよければ、漫画を読もうがアニメを観ようがゲームで徹夜しようが、大して叱られることはなかった。さすがにアニメーターになるために美大か専門学校を受験をしたいと言った時は、初めて父親の怒鳴り声を聞くことになり、大もめして家を出る羽目《はめ》になったが。

大学時代と就職して当面は空腹と寝不足で「このまま死ぬのだろうか」と涅槃《ねはん》を見そうになったこともあり、実家に帰れば未だに父親は仏頂面《ぶっちょうづら》でまともに口もきいてくれず、母からはやんわり「それで、いつちゃんとしたお仕事に就《つ》くの？」と訊ねられたりもするものの、大学まで行かせてくれたことにはずっと感謝している。子供の頃から好きなだけ与えられた漫画やアニメや小説、学校や塾や習いごとなど学びの機会、国内外への家族旅行、誕生日に与えられた大型犬との生活、勉強のためだと誤魔化《ごまか》して買ってもらったハイスペックのパソコン、それらすべてが今の自分を形作っていることを楡崎は知っている。

（大学の費用と部屋を借りる金貸してくれたのも、父さんの弟だしな……）

あまり好きな言い方ではないが、自分は恵まれていたのだと思う。

「……」

楡崎はタブレットを手に取ると、今日は雪ではなく、本の降る中に立つ黒ずくめの男を描いてみた。空から舞い降りる数々の、色とりどりの表紙の本。それを見上げる男。落ちてくる本を受け止めようと掌《てのひら》を上に向ける。

「――楡崎さん」

また時間が吹っ飛んでいた。楡崎が我に返ったのは、駿に声をかけられたからだ。

「そろそろ食事、とりませんか。邪魔したら悪いと思ったんですけど、もう夕食の時間で」

「おお……」

時計をたしかめると、八時過ぎ。

「楡崎さん、すごくまた、おなか鳴ってるので、勝手にもう用意してしまいました」

テーブルには蕎麦《そば》と山盛りの天麩羅《てんぷら》が並んでいた。

「簡単なものですみません」

「これを簡単と言うのか……」

「祖母の法要《ほうよう》で地元に戻った時、やたら持たされた蕎麦が余っていたので、持ってきたんです。本当はハンバーグカレーにしようと思ってたのに」

「蕎麦も天麩羅も好きだからいい。喰うか」

「はい」

今日も駿と向かい合って、食事をとる。蕎麦も天麩羅もなかなかの味だった。下手な店で出されるよりもうまい気すらしてくる。

「おまえの田舎って、長野か？」

「え」

楡崎の向かいで、相変わらず伏し目がちに食事をしていた駿が、驚いたように顔を上げる。

「どうしてわかったんですか」

「いや、蕎麦といえば長野だろ、信州《しんしゅう》そば。単に当てずっぽうだ」

実を言えば、駿と雪のイメージがくっつきすぎていて、寒い土地の蕎麦というところで真っ先に出てきた土地なのだが。他にも、蕎麦といえば出雲《いずも》だの深大寺《じんだいじ》だのが出てきたが、一番しっくりきたのが長野だったのだ。

「雪の深いところに住んでたんじゃないのか」

それでさらに訊ねると、駿がますます驚いた顔になる。

「長野と言えば豪雪地帯だろ。それにおまえはずいぶん色が白いし、そういうところで生まれ育ったんじゃないかと」

「……楡崎さん、もしかして……」

「何だ？」

駿は口籠《くちご》もり、楡崎が問い返しても「何でもありません」と小さく首を振って、黙り込んでしまった。

「そんなあからさまに引くなよ。勝手にいろいろ観察して、勝手に妄想するのが俺の稼業《かぎょう》なんだ」

相手が浮かない顔になっているのが何か気まずい気がして、楡崎はひとりで話を続けた。

「最初から、寒いところから来たやつだと感じたんだよ。触ったら冷たそうだなとか」

「……それで……『平熱』？」

「あ？　ああ、そういや、訊いたな。低そうに見えたんだ」

何気なく、楡崎は駿の方へと手を差し出してみる。駿が戸惑ったように首を傾《かし》げながらも、楡崎の掌の上に遠慮がちに指を置いた。その指を握り込むと、やはり、冷たい。

「全身こんなか？　抱いて眠ったら、さぞ気持ちよかっただろうな」

「……」

楡崎の掌の中で、駿の指がわずかに震えた。その反応で、楡崎は自分が妙なことを口走っていたことに気づく。

「その、何だ、腎盂炎《じんうえん》の時にな。家に戻るのも億劫《おっくう》で、会社の床に転がってたんだけど、熱が上がって汗だくだったんだよ。まあ途中から、もう熱いっていうより寒気がしてきて、ガタガタ震えっぱなしだったけど」

「……大事な体なんです。気をつけてください」

いつも以上に駿の声が小さくなってしまった。いきなり手なんて握り込まれて、困惑というより気味悪く思われているかもしれない。だとすれば申し訳ないなと頭の上っ面《うわつら》で思いつつ、楡崎は駿から手が離せなかった。

（本当に、雪みたいに冷たい）

都内は近年滅多《めった》に雪が降らず、降ったとしても会社にこもりきりだから、わざわざ触りに外へ出ることもなかった。なのに駿の指に触れた時、楡崎は以前雪に触れた時の感覚を思い出した。

（そうだ、雪と黒い男の絵には、温度の表現がまだ足りなかったな）

もっと色の彩度《さいど》を落とすか、それとも影を濃くするか。考え込むうちに、楡崎は駿の指を握る力を強めたり弱めたりしてしまっていたが、駿はそのまま身を潜《ひそ》めるようにじっとしていた。

（寒さの動きをどう出すか……吹雪の動きやエフェクトや音を派手にトリッキーにするんじゃなくて、そこはもっと、むしろ静かにした方が）

思案しつつ、その考えがどことなく上っ面をなぞっているだけだということに、楡崎も気づいていた。いつもなら作品のことを考えればあっという間に没頭《ぼっとう》するのに。

今は駿の指先がほのかに温かくなってきたことと――その目許《めもと》がかすかに赤くなったように見えることの方に、気を取られてしまう。

駿は困り果てたように目を伏せて俯《うつむ》いてしまった。表情がまるで見えなくなったことを、楡崎は内心で残念がった。

「……天麩羅、冷めますよ」

とうとう蚊《か》の鳴くような声になって、駿が言った。

「ああ、そうだな。せっかくうまいのに」

楡崎が手を離そうと力を緩《ゆる》めた時、ほんの一瞬、名残惜《なごりお》しげに駿の指が楡崎の掌を追った気がする。

駿はそんな自分に動揺したように、パッと手を引っ込めた。

「……楡崎さんの手は温かいですね」

「飯喰って、胃腸が動いてるからな」

微妙に会話が噛み合っていない気もした。自分もどうも浮ついているようだ。取《と》り繕《つくろ》うように、楡崎は冷めてしまった茄子《なす》の天麩羅を口に放り込む。

「そんなに寒いんじゃ、電気代も大変なもんだろ」

ひとまず落ち着いたつもりだったのに、楡崎の口から出てきたのは、脈絡がないというか、前置きの足りない言葉になってしまった。

「地元で、ですか？　そうですね、多分、高かったんじゃないかな。灯油代も薪《まき》代もかかっただろうし」

しかし駿はすぐに楡崎の質問の意図を理解したようで、そう答えた。

「生活費は全部おばあさんが賄《まかな》ってたのか？　何となく話しぶりを聞いてると、結構な高齢だったように思えるんだが……」

訊ねていいものか迷いつつ、楡崎は訊ねてみた。次に作ろうとしている作品の設定として組み込めるかもしれないから、取材みたいなもんだ――と頭の中で考える自分の言葉が、妙に言い訳めいて聞こえる。

（……違うか。単純な、興味だ。こいつに対する）

創作意欲が刺激されるような相手だからこそ気になるのか、それがなくても気になるのか、楡崎自身にもわからないが。

「山を売ったと言っていました。二束三文《にそくさんもん》だったみたいですけど、それまでの蓄《たくわ》えと足して、二人で質素に暮らす分には足りるくらいの」

「山か、何だかすごいな。土地持ちだったのか」

「俺も詳しく聞いたことがなかったんですけど、曾祖父母《そうそふぼ》の代までは林業でそれなりにうまくやってたんじゃないかと思います。祖母は俺にそれを継がせる気はなかったようで」

「まあ、その細腕じゃな」

駿が直接森林を伐採《ばっさい》するわけでなく、経営者側に回るとしても、楡崎にはその様子がうまく妄想できなかった。

「俺が筋骨隆々《きんこつりゅうりゅう》で天性の木樵《きこり》として生まれていたとしても、祖母は俺に何かを継がせる気はなかったでしょうね」

「天性の木樵とはまた、なかなかの言葉だな。……継がせる気はないって、何でだ？　苦労させたくなかったからか」

「いえ、俺は祖母に疎《うと》まれていましたから」

さくりと、駿が鱚《きす》の天麩羅を小さく囓《かじ》る。

――これまでの駿の話しぶりで、薄々そうなのかもしれないと、楡崎も察してはいたが。

鱚を飲み込んだあと、駿がまた口を開いた。

「母が未婚で俺を産んで、祖母に俺を押しつけて、俺の父親とは違う男と逃げたんです。物心ついた頃に、近所の人たちからそう聞きました。祖母は話しませんでしたけど……小さな町だからみんな知ってます」

淡々と、駿は話している。辛そうでもないし、面白可笑《おか》しくするふうでもない。

「必要最低限のこと以外で俺に手をかける気はないと、直接言われたことはないけど、毎日全身でそう宣言されているような感じでした。自分のことですら投げ遣りで、祖母はもっと早く、死にたかったんじゃないかな……」

だから駿は料理が出来て、掃除が出来て、洗濯が出来るのか。

何てひどいバァさんだと言ってやりたかったが、楡崎は蕎麦と一緒に罵倒《ばとう》を呑み込む。多分駿はそのとおりだと頷くことも、人の身内を悪く言うなと怒ることもできずに、ただ困ったふうに笑うだけな気がする。

『俺、生まれてから一度も泣いたことがないんです』

孫にろくに言葉をかけず、疎んじて、何の娯楽も与えず、家のことをする姿を見ても止めなかった祖母と、二人きりの生活。

その中で泣かずに育つ子供について考え始めると、次々に想像が拡がって、楡崎は口に入れた蕎麦が呑み込めなくなってきた。

「何か楽しいことは、あったのか。学校にいる間だけはとか。友達と遊んでる時はとか」

「過疎地《かそち》だから、同年代の子供は山を下りないといませんでした。少し年の離れた子は近所にいたけど、うちは母が相当迷惑をかけたらしくて、遠巻きにされていましたし」

「本を読んでる時は……」

「あれは、楽しかったのかな。楽しいってそもそも、どんなふうなのか、よくわからない。比べるものがないんですよ。辛かったことも特にないし。痛いとか痒《かゆ》いとか、体の感覚ならわかりやすいのに。ああ、でも、本を読んでいる時と、何かを書いている時だけ、時間があっという間に過ぎてく感じがするから、そればかりやってた気がする」

「何かを描いて……絵を?」

駿が小さく首を振る。

「俺は、文字です。すみません、アニメの監督の家に押しかけているのに、絵を描いたことなんて、学校の授業でくらいしかなくて。しかも成績悪くて」

「小説とか、シナリオを？」

「どうだろう、そんなふうに名前がつけられるような立派なものを書き上げたことはないです。日記の延長みたいな……だから何を書いても全部途切れてる。俺はまだ、生きているので」

そう言いながら駿が微かに笑うので、楡崎は何かぞっとした。

「おい、最近アニメを観始めたっていうなら、観てない俺の作品がまだあるだろ」

「え？　あ、そうですね、テレビのたくさん話数があるやつとかは、これから」

「流してやる、観ろ」

「え？」

「観た中で一番好きなのは何だ、橋から地底に飛び込むやつか、赤い乳母車で走るやつか」

「あ、ええと、地底のやつ……」

「じゃあもう一回それも観ろ」

よくわからない、という顔をしながらも、駿が頷いた。楡崎はテレビボードの抽斗《ひきだし》から、関わったことのあるアニメのDVDを引っ張り出す。片手で四苦八苦《しくはっく》していたら、駿が代わってそれを取り出し、再生機にセットした。

駿は楡崎が急に何を言い出したかと不思議そうな様子だったが、アニメが流れ始めると、テレビの画面に釘付《くぎづ》けになった。

（バァさんはもっと早く死にたかったとかいって、おまえも、そんな感じじゃないだろうな）

そう聞くよりは、駿が好きだと、感動したというアニメを見せる方が、手っ取り早い気がしたのだ。

(俺に才能があって、そのうえ努力家でよかった。こいつは俺の作ったものに感動して、ここまで押しかけてきたんだ)

そんなに強い心の揺らぎを体験しておきながら、この世のどこにも居場所がないなどという顔をするんじゃない、と思う。

聞くだに寒々しい子供時代と、この自分の作品を見ている時の気分の違いがわからないなんて言わせない。

DVDを流している間、自分もまたタブレットでスケッチしつつ構想を纏《まと》めよう——と思ったのに、楡崎はペンは握ったものの、画面をみつめる駿の姿から目が離せなかった。

キャラクターが動くたび、台詞を喋《しゃべ》るたび、景色が映し出されるたび、駿の瞳が静かに輝く。

(……どうにかしてやりたいな)

こんな顔で自分の作ったものをみつめる駿を放っておくことは、もう楡崎には不可能だった。

◇◇◇

翌日、明日は会社の若いのと飲みに行くと告げたら、駿は少し寂しそうな顔になった。

「そうですか……なら、夜食と朝食だけ作っておきますね」

「おまえも行くんだぞ、明日。用事がなけりゃ」

「え!?　どうして俺まで」

「行くんだぞ」

動転している駿に、楡崎は決めつけるように重ねて言う。

「だけど俺、大勢の飲み会なんて、経験がなくて……それに楡崎さん、お酒大丈夫なんですか」

「大勢って言っても、四、五人だ。俺は飲まないようにするから」

駿が絵でも小説でも書きたい気持ちがあるというなら、ただ本を貸したりアニメを見せたりするだけではなく力になってやりたい気にはなったのだが、いかんせん教えるのがうまくない自覚が楡崎にはある。

原画マンになりたいという目標でもあれば、描いた絵を添削《てんさく》してやることくらいはできたが、駿はどうやら絵はからっきしらしい。試しに楡崎がデザインしたキャラクターのイラストを描かせてみたら、それはもう無惨《むざん》なことになった。

「原画や動画を描いてるやつだけじゃなくて、シナリオや演出志望のやつもいるし、話せば何かしらの刺激になるだろ」

楡崎が言うと、駿は戸惑ったふうにしながらも、頷いた。書けないところを脱したいと、駿自身真剣に思っているのだろう。

「あの、でも、じゃあ、できれば、楡崎監督の家に俺が押しかけたことは、秘密にしてもらえますか。皆さん怒ると思うので……」

「一番怒りそうなやつは呼ぶつもりないけどな」

仕事でよく話す若手アニメーターにまず連絡をする時、向原に知られたらうるさそうなので、絶対に言うなと念押ししておいた。復帰まではおとなしくしていろと散々言われているのだ。

平日の深夜、予約した居酒屋の半個室に、楡崎は駿を連れて行った。

「よかったー、楡崎さん、元気そうで！」

「うわ、まだギプスしてるんですね。右手でよかったー、本当……」

集まったのは駿と同じか、それよりも若い新人が男二人に女三人、全員楡崎たちより先に来ていて、それぞれ嬉しそうな顔で出迎えてくれた。

「倒れた時マジやべえなって感じで、向原さんとかまで真っ青だったから、空気本当マジやばかったっすよ」

「見ろ駿、これがシナリオ志望者の語彙《ごい》だ。原画もいいけどシナリオの才能もあるからどっちに力を入れてやろうかな、とかぬかして、俺にコンテの束《たば》で殴られたやつだぞ」

「ひ、ひどい、何てことを……」

「そうですよこんなやつに楡崎さんのコンテぶつけるなんて、コンテが可哀想ですよ」

賑《にぎ》やかな会話に、駿は気後《きおく》れしたように、入口のところに立ち竦《すく》んでいる。先にテーブルの隅に座って、楡崎は駿を手招きした。

「駿、こっち、座れ」

「あ、彼ですか、楡崎さんの親戚の子って」

みんなには、そういうことにしておいた。

「そう。駿だ、アニメーターに興味があるっていうから、諦めさせようと思って連れてきた。おまえらどんどん労働環境の劣悪《れつあく》さを教えてやれ、こいつに」

「えー、本当アニメーターとか目指さない方がいいよ、駿君、冗談じゃなくて」

駿が挨拶《あいさつ》を入れようとする隙もなく、皆それぞれに話している。楡崎の奢《おご》りだと言ってさんざん飲み食いして、予約の二時間が過ぎた。

「すごい、みなさん、今から戻って仕事なんですね……」

居酒屋を出て会社に戻る面々を見送りながら、駿が溜息混じりに言った。会社の近くに店を設定したので、みんな徒歩で去っていく。楡崎たちは駅に向かって歩き始めた。

「忙しい時期だろうに、何だか申し訳ないような」

「忙しいっていうか、そこそこキャリアがつくまでにはガンガン仕事請《う》けないと、とても喰ってけないんだよ。動画一枚いくらの世界だからな、うちは一応正社員には月給が出るけど、最低限の額プラス歩合《ぶあい》制だ。あの中の三人は請け負いでそれよりもっと低いから、実家暮らしじゃなけりゃやってけない。あとはまあうまくなりたけりゃ、描くしかないから」

「みんな、俺にアニメーターなんてやめておけっていいながら、にこにこしてるんですね。自分は全然辞める気はない感じで」

そう言う駿も、どこか楽しそうだった。

いや、楽しそうというか——眩《まぶ》しそうというか。

「結局内輪の話ばっかりで、悪かったな」

酒が入った若いやつらは、駿にアニメーターの内情や物作りについて語るというより、仕事の愚痴《ぐち》と最新アニメの情報交換になってしまって、駿が会話に入る余地が最初から最後までなかった。

「こんなにたくさんアニメを作る人がいるんだと思うと、凄《すご》かったです。俺の周りに何かしら作ってる人、一人もいませんでしたから。ああ、中学時代の恩師が、句作《くさく》をしてましたけど」

「俳句か、渋いな」

「知識がないと太刀打ちできない世界ですよね。いつも句帳《くちょう》と分厚《ぶあつ》い歳時記《さいじき》を持ち歩いていましたよ」

「おまえ、歳時記も頭から最後まで読み通してそうだな」

「辞書も好きです、雪でどこにも行けない日は、家にあった広辞苑の第二版補訂《ほてい》版をずっと読んでたなあ」

「その話をさっきしてりゃ、あいつらも喰い付いたと思うぞ……」

若手クリエイターとの顔合わせは、駿にとってうまくいったのか、意味がなかったのか、楡崎にもいまいちわからない。

しかし駿は嫌がっているふうもないので、翌日に第二弾を企画した。今度はカラオケボックスでのアニソン大会だ。同じ会社の若手ではなく、以前の仕事で一緒になったフリーのアニメーターたち。

「楡崎さんに全然似てなくておとなしいですね、駿さん」

昨日の若手たちよりもキャリアがあり、一緒に作品を作ってきただけあって、今日のやつらはなかなか言いたい放題だ。

みんな歌うよりも、アニメの主題歌が流れた時に出てくる映像を見て盛り上がっている。

「おー、楡崎原画！」

「俺、ここうまく割れなくて苦労したんだよなあ」

今日も駿はアニメーターたちの会話に入れないようだったが、映し出されるアニメを見るのに夢中のようだ。

「お、これは楡崎さんの古巣。歌いますか？」

「やめろ、思い出したくねえ仕事だ」

楡崎はマイクなど手に取らず、ソファに座って部屋の様子を眺めているだけだ。

「思い出したくない仕事、ですか？」

隣に駿が腰掛け、楡崎の言葉に首を傾げている。

「最初に入った会社で、苦手なタイプの監督がいたんだよ。俺は絵コンテやったんだけど、暗《あん》喩《ゆ》が一切通じないオッサンで、『そう描けばたしかにわかりやすいけど、面白味がない』って方向にする感じの駄目出し喰らいまくって、でもまあ監督の指示だから血の涙を流しながら八割修正したっていう……」

「でもまああの人、あれで需要あるからすごいですよね。楡崎作品みたいに異次元パースとか絶対出てこないから、原画的には楽っちゃ楽ですけど。中割るにしても、単純なのばっかだし」

会話を聞きつけて、楡崎と年の近い原画マンたちも入ってきた。

「最近ますます眠たいの作るよな、こないだ試写会呼ばれたけど、途中寝そうになっちまった」

「あー、何かの受賞作とかいう。キャラデと作画は相当よかったのになあ、まあ泣かせ系だし適任っちゃ適任かも」

「——悪口言い始めたのは俺だけど、その辺にな」

このまま他人の作品批評で盛り上がりそうになる二人を、楡崎は諫《いさ》めた。

「おっ、そっか、すんません。変な話聞かせてごめんな、駿君」

駿はカラオケの映像に見入っていた時とは打って変わって、浮かない表情になっている。昨日の内輪話はともかく、同業者間の批判的な意見を聞くのは、あまり気分のいいものではないだろう。

すぐに話題を切り上げたつもりだったが、駿はすっかり沈んだ雰囲気になってしまった。

「すみません……ちょっと、飲み過ぎたかもしれません」

気落ちしたのではなく、具合が悪かったのか。駿は部屋を出て行き、なかなか戻ってこないのが心配になって、少し経《た》ってから楡崎もあとを追った。

同じフロアの手洗いを覗いたが駿の姿はなく、放っておけず外階段に続くドアを開けると、人影をみつけた。駿が踊り場のところに座って手摺《てす》りに凭《もた》れ、夜風を受けながら目を閉じていた。

「おい、大丈夫か」

間近にある隣のビルの明かりと、階段の非常灯に照らされた駿の顔色は、薄暗いせいもあってかいつもより一層《いっそう》蒼白く見える。

楡崎が呼びかけると、駿がうっすら瞼《まぶた》を開いた。

「そんなに飲んでたか、おまえ？」

「酒というか、場に酔ったのかも……昨日もだけど、こんなに大人数が慣れなくて……カラオケも、初めてですよ、俺」

「嘘だろ」

驚く楡崎に駿が小さく笑っている。楡崎は駿の隣に腰を下ろした。階段は狭くて、二人座るだけで一杯になり、肩同士が押し合うようだ。

「一番近所にあったの、カラオケボックスじゃなくてカラオケつきのスナックだし。高校のそばにはあったみたいだけど、ばあちゃんの世話で、それどころじゃなかったし……」

そう言って溜息をついたのは、カラオケに行ったことのなかった自分に対する憐憫《れんびん》ではなく、具合が悪いせいらしい。吐き気をやり過ごしているのだろう。いつもは『祖母』と言っているのが、『ばあちゃん』になっているのも、そのせいか。

「おばあさんが亡くなってからは？」

「友達ゼロですよ、俺。上京してからは、知り合いすらほとんどいない。たとえ誘われたって、若者の流行《はや》りの歌もわからなくて、子供の頃のアニメソングも知らない……」

「四十五十のオッサンみたいなことを言うなよ。おまえ、仕事やらバイトやらはしてなかったのか？」

「祖母からの相続分にもそのうち限界がくるし、アルバイトくらいはしなくちゃと思ったけど、『何か暗い』って面接で落ちました」

何がおかしいのか、駿は笑いを堪《こら》えている。あまりよくない酔い方な気が、楡崎にはした。

「そっちの手摺り、ペンキ剝《は》がれて汚いぞ。よりかかるならこっちにしとけ」

ずいぶん年季が入って、見た目にも危なそうな作りの手摺りに駿が体を預けているのが不安になってきて、楡崎は相手の肩を引き寄せた。ここは四階で、下はコンクリート。俺はまだ生きているので、と言った駿の言葉が蘇《よみがえ》ってまたぞっとする。希死念慮《きしねんりょ》のようなものを持つタイプには見えないが、死んだら死んだでまあいいかとくらいは諦めていそうに思える。

駿がちらりと楡崎の腕を見て、自分が寄り掛かる側の腕が左だと確認するように視線を動かしてから、肩に頭を乗せてきた。

（酔っぱらいなのか、しっかりしてるんだか）

楡崎の右手を痛めないようにという配慮は残っているらしい。だが寄り掛かる仕種はどうも無防備だ。

無防備、という言葉を頭に浮かべてから、楡崎は軽く眉根を寄せた。まるで自分が何かよからぬことでも企《たくら》んでいるかのような発想だ。

（いや、しかし……）

駿のかけてくる体重が、夜風を浴びて冷たい髪が、変に愛《いと》おしい。

そっと頭を寄せて、相手の頭に合わせてみると、ますますその感じが強くなった。

（何だこりゃ、まいったな）

出会ったばかり、名前と出身地と生まれ育った境遇くらいしか知らない相手、しかも年下で、男で、だというのに。

（でもまあ、いじらしい――と思うのは、こいつに失礼か）

不憫《ふびん》に見えるから愛情を感じたわけではないと思うのだが。そのあたり、楡崎自身もまだ感情の整理がつかなかった。わかるのはただ、もう少し間近に相手を感じたいという欲求がある

こと。

嫌なら逃げるだろう、と思って、楡崎は左手を駿の肩から頭へと動かした。よしよしと、宥《なだ》めるように頭を撫でる。

(嫌がってない、か?)

ちらりと、駿の様子を窺う。耳が赤くなっているのがわかった。色が白いから、血が昇るとはっきり目に見えてしまう。

「……あの……俺は本当に、友達が、いないので。知り合いも、頼りになる親戚とかもいなくて……」

消え入りそうな駿の声がする。

「男の人とこんな感じで、今、こんなに顔や指が熱くなっても、いいものだか……おかしいことなら、俺のこと見ないでください」

それならば、と楡崎はギプスの嵌《は》まった右腕を動かし、指で駿の顔を自分の方に向けさせようとした。駿は楡崎から目を逸らして、抗《あらが》っている。

(この角度も、色っぽくて、いいな)

あとで忘れず描き止めようと、駿の輪郭《りんかく》や眼差しを念入りに頭に焼き付ける。

「何かこう、『おまえのことを前から知ってる気がする』――みたいな台詞は、シナリオだったら、死んでも使わない方なんだけど」

「――」

駿が目を上げた。見開いた目で楡崎を見ている。

「いや、そんな目で見るなよ」

「知ってる、って……」

「そりゃおかしく聞こえるだろうけど。いい歳した男が、こんな少女漫画みたいな台詞」

駿がうろうろと視線を彷徨《さまよ》わせている。そりゃ戸惑いもするだろうなと思いながら楡崎は続けた。

「会って何日だっけ、六日？　七日？」

「六日目……だと思います」

「あんまり関係ねえか」

「……？」

多分一目惚れだ、という言葉を、楡崎は辛《かろ》うじて飲み込んだ。

自分の立場でそう告げるのは、なかなか卑怯《ひきょう》なことに思えた。

（こいつは『楡崎監督』のファンなわけだから）

思ったままのことを口にしたら、駿は楡崎のためにますます献身的になるか、あるいは――

逃げ出すかだ。

（それはどっちも困る）

黙り込む楡崎の顔を、駿がじっと覗き込んできた。

日本人の虹彩《こうさい》は、黒とはいっても大抵濃褐色《のうかっしょく》であるはずなのに、駿の瞳は本当に真っ暗で、吸い込まれそうだ。

(そうか、なるほど、一目惚れか)

自分の頭に浮かんだ言葉に、楡崎は自分で深く納得した。

最初に駿の見た目と雰囲気が気に入って、そのあと中身がしっくりきた。

佐々木《ささき》駿に惚れたのか、そのイメージに虜《とりこ》になったのかはわからなかったが、どっちとも言いがたいということはきっと両方だ。

駿の体温の低そうなところにぐっとくるけれど、寒いなら温めてやりたいと思う。

駿は、どうなんだろう。

さっきの台詞からして、駿は楡崎がなぜ自分に触れているか、まったく気づいていないわけではなさそうだ。

でなければ、赤くなった顔を見ないでほしいなどと、言うわけがない。

「楡崎さん……?」

困ったように訊ねる駿は、楡崎の言葉を待っているようにも見える。

しかしタイムアウトだった。階段に続くドアノブが動く音がして、楡崎は左手を駿の頭から背中へと滑らせた。

「あれっ、こんなとこにいた。駿君、大丈夫です？」

なかなか戻ってこない楡崎たちを心配して、一人が様子を見に来たようだ。

「吐きそうだったとよ。そろそろお開きにするか」

「場所変えようかって話出てますけど、駿君それじゃ、きついかな」

「そうだな、連れて帰るよ。会計済ませておくから、ここは気にすんな」

「おー、ごちっす！　じゃあみんなに伝えておきますね、駿君、お大事に」

駿が項垂《うなだ》れたまま頷き、最後に「失礼します」と声がしてドアがまた閉まった。

「具合はどうだ？」

「……吐き気はもう……吹っ飛んだっていうか……」

駿はまた深い溜息を吐いているが、吐き気をやり過ごすのではなく、体の中の熱を吐き出すような仕種に見えた。

「立てるなら、帰るか」

「……はい」

先に楡崎が立ち上がり、左手を差し出すと、駿が素直にそれに摑まり立ち上がった。

「そういえばおまえの家、今はどこなんだ？」

「赤羽《あかばね》です」

「何だ、うちから近くもないし遠くもないな」

楡崎の家には電車のみで考えて一時間ほど、徒歩を入れればもう少し。

「というかもう、もしかしたら終電出たな」

「あれ、そんな時間か」

スマホで時刻表を確認すると、ここから駿の家に帰る電車はすでに終わっていた。駿が困った顔になっている。

「うち方面ならまだ電車動いてる。今日は泊まってけばいい」

「迷惑では……、……と、どの口が聞くのかっていうやつだな……？」

駿はまだ多少酔っているのかもしれない。真顔で自問自答している。たしかに最初に押しかけておいて、今さら迷惑かどうかを気にするところでもないだろう。楡崎は声を上げて笑いながら頷いた。

受付で支払いをすませてカラオケボックスをあとにして、最終電車にはどうにか間に合った。人の少ない電車の中で、何となく〇・五人分ほど離れて座る。座席はがらがらだったので、ひっついて座るのも不自然だ。

「というか、毎日通うのは、面倒じゃないか」

駅までの道すがら考えていたことを、楡崎は口にした。

「明後日《あさって》外科の診察に行って、ギプスが外れたらそのあと二日で休暇が終わりだ。それまで四日くらい、いちいち帰らずうちに泊まってけ」

駿はじっと、また真っ黒い目で楡崎を見ている。その駿を、電車のガラス越しに楡崎は観察した。今すぐスケッチを取りたくなるような形。表情。

「その方が、落ち着いて本を読んだりアニメ観たりする時間に充《あ》てられるだろ」

駄目押しのつもりで言うと、駿が微かに笑った。

「実は、毎日本を読み耽《ふけ》って、終点まで行ってしまってるので」

「おいおい」

「楡崎さんの家で読み耽っていたら、絵コンテの束で殴ってください」

どうやら駿は冗談を言っているらしい。あまり面白くないところが可愛らしくて、楡崎は必死に笑いを噛み殺した。

◇◇◇

駿はそのまま楡崎の家に戻ってきて、ソファで眠った。楡崎はソファで寝起きするのに慣れていたのでいつもどおりでよかったのだが、駿は寝惚《ねぼ》けて狭いソファから落ちて怪我がひどくなったらどうすると言って譲らなかったので、久々に寝室のベッドで眠った。

楡崎が最近では珍しく明け方に目を覚ました時、駿もすでに起き出していて、朝食の支度や洗濯をしていた。

「おはようございます」

「朝から甲斐甲斐《かいがい》しいな」

特に一緒の布団で眠ったわけでもないが、惚れた相手と同じ朝を迎えるなど、久しぶりだ。最初の制作会社に入って半年で大学時代からの彼女に「楡崎君はアニメと結婚でもしたら」と言われて「それは最高だな」と二徹明けのテンションで答え、電話を叩き切られた時以来独り身だったので、かれこれ八、九年ぶりだろうか。

「朝食を食べたら、これの続きを観ていいですか？」

駿はテレビの側《そば》に置いてあったブルーレイのパッケージを楡崎に向けた。当然ながら楡崎の関わった作品だ。

「じゃんじゃん観ろ」

「この初回特典映像つきっていうの、どこを探しても売り切れなんですよね」

「円盤《えんばん》売り上げるのにこっちも必死なんだよ」

駿は宿酔《ふつかよ》いになった様子もなく、いつもどおりの顔だ。

(昨日邪魔が入らなかったら、俺は何をこいつに言ったんだろうな)

そしてそれを駿はどう受け止めたのだろう。

昨日の駿の言葉や表情を思い出し、楡崎は朝食の間、にやつくのを抑《おさ》えるのにずいぶん苦労した。

駿がどことなくそわそわしているように見えなくもないのは、向こうもゆうべのことを思い出しているせいか、それとも早くアニメの続きを観たいせいか、単に楡崎の願望か。

朝食を食べ終え、片づけまですませると、駿はテレビの前に陣取《じんど》った。

楡崎はそんな駿を眺めながら、今日もタブレットのスリープを解除してペンを握る。

(でもまあ駿は駿、この黒いのはもう俺のキャラクターだな)

オリジナル作品を作る時、楡崎は主要人物に誰かをモデルに使ったことはない。架空《かくう》の世界に現実を持ち込むのは興《きょう》ざめな気がする。脇役であれば、数を揃えるのに個性的な知人の特徴を借りたりもするが。

雪の中を歩く黒ずくめの男は、駿よりももう少し年若く、それに人間離れした雰囲気になった。人間ではないかもしれない、と想像する。

(雪女の男版？　雪男……じゃ、何か毛むくじゃらな感じだな)

特に〆切の決まっているわけではないアイディア出しなので、好き勝手に想像を拡げ続ける。そうすればするほど黒ずくめの男、いや少年は人外めいてきて、イメージばかりだった世界が少しずつ掘り下がっていく。

そしてその作業を進めるほど、駿の存在が楡崎の中で生々しくなってきた。初めて見た時は、それこそ雪女だなんて言葉が頭に浮かんだのに。

(雪女郎《ゆきじょろう》の息子……ってのも、古い感じか？　いや、一周回って新しいか？　いっそ室町《むろまち》辺り

を舞台に歴史ものっぽく、男女逆転の異類婚姻譚《いるいこんいんたん》を）

などとどんどん妄想を遊ばせていると、不意にソファの上に放っておいたスマホが震える。

『向原』という名前を見て、しぶしぶ電話を取った。

「もしもし、朝っぱらからどうした」

二山連続の飲み会のことがバレて説教か、と楡崎は身構えたが、向原が口にしたのは別の話題だった。

『どうしたって、こないだ言ってた小説のことで電話してやったんだよ』

そういえばそんな話をしていたのだった。本を探しておいてくれると。

「みつかったのか？」

楡崎は何となく、スケッチを描き殴ったばかりのタブレットに目を落とす。

『いや、もういっぺん探してもみつからなかった代わりに、ちょっと思い出したんだよ。その白い表紙の本って、あれじゃないか、四六判《しろくばん》で、何かの賞を取った作家の新作って帯にあった』

「そうだったか？　そこまでは覚えてないな……」

『違ったかな。もしそうだったら、受賞作をアニメ化したって話を聞いたから、そこから調べたらわかるかと思ってネットで検索してみたんだよ』

「で、わかったのか？」

『ええと、あれ、作者名ど忘れしたたな。ちょっと変わった名前で、何て読むんだったたっけかな、スズメがどうとか……」

「何だよ。いいよ、こっちで調べるから。スズメが何だって？」

『苗字がスズメで、下が、あれだ、宮崎《みやざき》監督と一緒の』

スマホを耳と肩で押さえ、左手でタブレットを操作して、『すずめ　駿』とブラウザの検索窓に入力する。

「……」

サジェストがすぐに出てきたので、一番上の名前をタップした。

【雀部駿】

その検索結果の一番上のリンクをさらにタップすると、プロフィールが出てきた。

――雀部　駿（ささべ　すぐる）は日本の小説家。長野県出身。代表作は『深雪《みゆき》』。

まだデビューして二年ほどらしく、刊行物も二冊だけ、情報はさほど充実していない。

『楡崎？　名前、ネットで出てきたか？』

「――悪い向原、切るぞ」

向原と話している気分ではなく、楡崎は一方的に通話を切った。

駿はまだテレビをじっと観ている。

楡崎はさらにタブレットに映し出された文字を追った。

雀部駿は二十二歳でデビュー、処女作であり代表作でもある『深雪』は、両親を早くに亡くした少年が祖母と二人、限界集落で暮らし、祖母が亡くなるまでの心の交流を描いた作品。雀部自身が祖母と二人きりで山村に暮らしており、主人公の青年と同じ時期に祖母を亡くしたことから、半自伝的な作品と言われている。

「……」

楡崎はもう一度『雀部駿』で、今度は画像検索してみたが、顔写真は出てこなかった。本の書影《しょえい》ばかりだ。代表作として名前の挙がっているタイトルの他、作品が載ったと思《おぼ》しき雑誌の表紙、楡崎が読んだ本のカバーも画像一覧に並んでいた。

『深雪』の感想は、祖母への愛が泣けたとか、祖母からの愛が泣けたとか、祖母の死んだシーンで涙が止まらなかったとか、そんな賛辞《さんじ》が並んでいる。

中には淡泊な描写が続く山場もない退屈な作品だとか、泣かせようとしているところがあざとくて興ざめだとか、結局何が言いたいのかわからないだとかの酷評《こくひょう》もあったが、大多数が『感動した』という絶賛だ。

豪雪地帯の小さな家でのささやかな暮らし。祖母は主人公に厳しいながらも深い愛情を注ぎ、主人公も祖母ばかりを心の拠《よ》り所《どころ》にしていた――という話らしい。

「……おい、雀部」

相変わらずアニメに夢中になっている駿の背中に、呼びかける。

「雀部駿」

駿の肩が、わずかに跳ねた。

# 4

学園を舞台にした、特殊能力を持つ少年たちのバトルアクションもの。

楡崎《にれざき》がキャラクターデザインとオープニング・エンディングの絵コンテ、作画監督をしていて、本篇よりもオープニングとエンディングが楽しくて、早送りなんて考えられない。

(恰好《かっこ》いいいな)

オープニングは派手な曲に合わせてめまぐるしい動きと色遣いで主人公たちや敵役たちが次々現れて戦っては消え、エンディングはのんびりした曲と共に彼らの微笑《ほほえ》ましい日常の様子が描かれる。数分ずつのアニメなのに、キャラクターたちがどんな関係かがわかるような、想像が拡《ひろ》がるような奥行きがある。

(やっぱり楡崎さんの作るものだけ、明るく見える)

短期間でいくつもアニメを観たが、楡崎が少しだけでも関わっている部分は、いつも特別に見えた。

今日はその感じが、さらに強い。

なのに気を抜くと目の前のアニメから気が逸《そ》れそうになり、慌てて集中しようと試《こころ》みる。

オープニングが終わって本篇に入ったので、どうも難しい。ずっと楡崎の絵で動けばいいのに、などと思ってしまうのは、きっと実際描いた人に失礼なのだろう。

（でも、だったら、昨日のことなんて思い出さずにすむのに……）

深い溜息を押し殺し、駿《すぐる》はもう一度オープニングアニメの頭に画面を早戻しした。そうしたら、またすぐにアニメの世界に没頭《ぼっとう》することができた。

（好きだな……）

このアニメの初回特典はノンクレジットのオープニング・エンディングアニメと、その絵コンテだ。動画配信サイトで本編だけは視聴できるが、特典もどうにかして手に入れよう。今まで動画で観たものも、全部ブルーレイで買い直そう。テレビも、自宅には中古の小さいのを置いてあるだけだから、この楡崎の家にあるやつみたいな、立派なものを買って大画面で観よう。

前のめりに床についた拳《こぶし》を握って、駿がそんな決意をした時。

「雀部《ささべ》」

不意に自分の名が聞こえて、反射的に振り返りそうになった。

「雀部駿」

その名前を呼ぶのが楡崎の声だと気づいて、体が震えた。

「……はい」

無視することはできない。駿は目の前にあったアニメのキラキラした世界から、急に現実に引き戻された気分になって、緩慢《かんまん》な動きで振り返る。

楡崎はソファに座って、タブレットを手に、じっと駿を見ていた。

「作品を完成させたことがない、って。おまえ、二冊も立派な本を出してるじゃないか」

――ばれてしまった。

楡崎のタブレットに映っているものが何か、駿には想像できる気がする。

「いつから……」

「今だ、今。ついさっき」

楡崎は、二作目の『雀部駿』の本を読んでいたが作者の名前は覚えておらず、ついさっき、同僚に教えてもらって知ったという。

「何だ……すごい、偶然だな」

駿は困ってしまって目を伏せ、苦笑いするしかなかった。

「偶然でもねえけどな」

「え？」

目を上げると、楡崎が「いや」と頭を振った。

「別に、偽名使ったことを責める気はない。や、本名か？　佐々木ってのが」

「……いえ……雀部が本名です」

「なら何で嘘ついた。新人賞取って単行本と文庫とトータルで五十万部売り上げた作家先生に、創作論的なものをぶつける羽目になった俺の気持ちを考えて答えろ」

楡崎は仏頂面《ぶっちょうづら》だ。騙《だま》したようなもの、いや、騙したのだから、気を悪くするのは当然だ。駿は再び顔を伏せた。

「……もし楡崎さんが『雀部駿』を知っていたら、恥ずかしくて」

「恥ずかしい？」

「俺は今、何も書けてないんです。本当は次の作品の依頼を受けて、もう仕上げて渡さなければならないのに、プロットすらできてない」

書けない、と最初に楡崎へと告げた事実だ。

「書きたいものが何も浮かばないから、糸口になればと思って、アニメを観始めたんです。他の人の小説を読むのは少し苦しくて……」

「それはまあ、わかるけどな。俺も他のやつが作ったアニメを観ると、元気な時は楽しいし『俺だって』って気になるけど、落ち込んでる時はさらにどん底だ」

「楡崎さんでもですか？」

驚いて訊ねると、楡崎が苦笑した。

「当たり前だろ」

こんなすごいものを作る人でもそうなのか、と駿はますます驚いた。

「小説以外に、漫画や映画や舞台もあるのに、アニメを観るようになったのは、自分の作品がアニメになったからです。俺は文章にすることしかやってこなかったけど、こういう表現方法もあるんだなって……」

「『楡崎佳視《よしみ》』に会いたいなら、出版社なりそのアニメ作った関係者なり、いくらでも伝手《つて》があっただろ。その方が怪しまれもせずスムーズに会えただろうに、何で単身乗り込んできたんだ？」

「……小説家なんて、名乗れるものじゃありませんでしたから。でも、楡崎さんの連絡先と、休暇中で家にいるらしいということは、そういう伝手で無理に聞き出しました」

教えてくれた人には、自分が聞き出したことを楡崎には秘密にしてくれと念を押した。相手からも、自分が楡崎の個人情報を漏らしたことは言わないよう釘《くぎ》を刺されている。

「勝手なことをして、申し訳ありませんでした」

人の個人情報を本人の与《あずか》り知らぬところで手に入れて、利用したのだ。どう責められても罰されても文句は言えない。駿は楡崎に向き直り、床に手をついて深く頭を下げた。

「やめろ、いいよ別に、そんなのは。いやよくないけど、今はいい。頭上げろ」

「はい……」

のろのろと、駿は言われるまま頭を上げたが、楡崎の顔を見返すことなどできるわけがない。

「アニメになったっていうその作品、俺はアニメも原作も読んだことないけど、あらすじは見た。バァさんの話も、俺にしたやつは、嘘か？」

「……」

駿はまたのろのろと首を振った。

「楡崎さんに話したことが、本当です」

「――そうか」

「小説は、小説のつもりでした。祖母が死んだあと、葬儀も何もかも終えてすることがなくなった時、どうしたらいいのかわからなくなって、大学ノートにあれを書いた。それまでもいくつか短いものを書き殴ったことはあるんだけど、あんなに『書かなければどうにかなりそうだ』と思いながら勢いだけで書き上げたものは、初めてで」

費用の問題と、駿が高校に通う頃にはすでに寝たきりになっていた祖母の世話で、大学に行くことなど考えもつかなかった。

だから祖母がいなくなってしまえば、駿には行く場所などどこにもなく、することも何もなくなってしまった。

「中学時代の恩師が何かと俺を心配してくれていて、祖母の四十九日に来てくれた時、書いたことを話したんです。毎日何もせずぼんやりしてるって言えば、余計に心配される気がして。そうしたら先生にそのノートを見せてほしいと言われて、恥ずかしい気がしたけど、葬儀やその後の手続きのことでもずっとお世話になってる相手だから断れずに見せて……せっかく書いたならどこかの賞に応募するべきだと言われて。そんなこと考えられなかったし、読み返す気も起きなかったから好きに処分してほしいと言ったつもりだったんだけど、先生がパソコンで清書して、応募しておいたぞ、って……」

「それが賞を取った」

「……未だによくわからないです、どうしてそんなことになったのか。そもそも……なぜそんなものを、書いたのか」

書いている間のことを、駿はうまく思い出せない。ただずっと大学ノートに鉛筆で書き殴り、いつの間にかノートに突っ伏して寝て、目が覚めたらまたノートに向かい、繰り返すうちにノートが尽きた。

「小説は小説のつもりって言ったけど、この間は日記の延長だとも言っただろ。どっちなんだ?」

楡崎はただ疑問を口にしただけのようだったが、駿は深く気分が沈むのを感じた。

「日記と言ったのは、俺じゃなくて担当の編集者です」

「おまえから生《お》い立ちを聞いてか」

「いえ……自分から誰かに話したのは、楡崎さんが初めてです。あまり、軽々しく話すようなことじゃないのはわかってます。言っても困られるだけだろうって、いうことも」

「それな、俺には——まあいいか、これもあとで。で、どうしてその編集はおまえの小説が日記だと思ったんだ?」

楡崎はどうしてそんなことを聞くのだろう。そして、どうして言いたくはないことなのに、自分は話してしまうのだろう。そう訝《いぶか》りながら、駿はまた口を開いた。

「賞を取ったあとに、次回作の話が来て。でも全然書けなくて、二作目は今までに書き殴ったものの体裁《ていさい》をどうにか短篇らしく整えて、受賞の話題が冷えないうちにと無理矢理出す形で……」

「雪の中を歩く男の話も?」

「ええと、『暗い銀世界』、かな。ただ歩くだけの」

「それだ、そうだ、そのタイトル、白い表紙の本に入ってた」

楡崎はもしかしたら短篇集を読んだのだろうか。

そう気づくと、駿は消え入りたいような心地になった。

「あれの評判は散々でした、全篇通して『言いたいことがわからない』と編集にも言われて、でも出すしかなくて、届いた感想も『言いたいことがわからない』ばかりで」

「読者はともかく、その編集は大丈夫か……?」

「苦労されていると思います。三作目は相当部数が落ちますよと言われましたし。打ち合わせの時に、最近何か泣いたり笑ったりしたことはないのかと聞かれて、泣いたことがないと答えたら……」

「異常だ、と言ったのも同じやつか。本当に大丈夫かそいつ」

憤《いきどお》ったように楡崎が言う。伝え方が悪かっただろうか。なかなか新しいものを出せない自分に、編集者が苛立つのは仕方ないと、駿には思える。

『身近な題材で書いたんですよね、『深雪《みゆき》』も。日記の延長みたいなものなんだから、そう構えずに、楽に書いてくださいよ』

駿を励《はげ》ますように、駿より一回りほど年上の男性編集者は言った。


『大きい賞のあと、力《りき》んでしまって身の丈に合わない話を書こうとして失速するって、受賞者あるあるですから』

励ましてくれている。それはわかる。

ただ——彼と話している時は、いつもどことなく責められている気がして辛かった。

書けない、そもそも自分には小説家なんてできない。依頼のたびにそう断っても、賞をもらっておいて次作を出さないなんてと、聞き入れてもらえなかった。そういう『業界』の仕組みなのだと言われた。

そして何度目かの打ち合わせでも次回作のあらすじすら思いつかない駿に、編集者はとうとう吐き捨てるような口調で言った。

『聞きましたよ、地元の人のインタビューで。雀部先生のお祖母さんは小説の中と全然違う。ご両親も事故死じゃなくて夜逃げ同然で行方不明、雀部先生はお祖母さんに犬猫みたいに育てられたって。ああ、これ、僕じゃなくて地元の人の言葉ですけどね？』

頭の中が、真っ白になった。

『ひどい現実を埋《う》めるために小説を書いてるなんて、何だか気の毒だなって思いましたよ、正直。孤独過ぎて、小説と違う意味で泣けてきました。いっそそっちの現実を書いた方が受けたんじゃないかなあ』

なぜそんなことを言われるのか、うまく呑み込めず、返す言葉が出なかった。

編集者は、俯《うつむ》いて黙り込む駿に苛立ったように、大仰《おおぎょう》な溜息を吐いた。

『地元の人から本当の話を聞いて、僕、ちょっとわかりましたよ。雀部先生の小説って、愛がないんですよね。読み手を突き放してる。エピソードは泣けるから泣かされちゃうけど、誰かに大事にされたとか大事にしたいとか、自分を大事にしたいとか、そういうのが全然ないんですよ。この一年、無駄な打ち合わせを何回も何回もしてきましたけど、面倒見てあげてる僕に対する愛も恩もありませんよね。小説なんか書けないって毎回繰り返しますけど、だったら何で賞になんて送ってくるんだっていう』

『それは……人に送るよう言われて』

『ほら、そういうとこですよ。あのね、あなた人としてちょっと未熟なんですよ。自分ってものがない。そりゃあ気の毒な環境で生まれ育ったんでしょうけど、一人で生きてきたわけじゃなし、もっと感謝とか湧いてこないんですか、他人に対して』

ガシャ、と大きな音がして、編集者との会話を思い出しつつ話していた駿は、驚いて言葉を切った。

「痛《い》って！」

「に、楡崎さん、手」

楡崎が、ギプスを嵌《は》めた手でテーブルを叩いたのだ。右手を押さえて痛そうに顔を顰《しか》めている。

「くそ、咄嗟《とっさ》に利《き》き手は駄目だと思ったら、こっちが動いた……」

「大丈夫ですか、どうしよう、病院に」

「手は大丈夫だ、頭の血管が切れそうだけど」

「やっぱり病院」

「おまえ、よくそんなひどいことを言われっぱなしになってたな」

狼狽《ろうばい》する駿を、楡崎が睨みつけた。

「俺だったら、手許《てもと》のもの全部そいつにぶつけて怒鳴りつけるか、下衆顔《げすがお》のモブにして散々な目に遭《あ》わせて陰険に溜飲《りゅういん》を下げないと収まらないぞ」

楡崎は駿に怒っているわけではないらしい。編集者に対してなのか。

「ひどいこと……なのかな……」

駿にはわからない。編集者の言うことはもっともだと思った。

「だって、俺は祖母を愛していなかったし、愛されてもいなかった。両親は顔も覚えてないので愛情を抱きようがない。地元の人も、編集の人も、好きじゃないし憎くもない。未熟と言われれば、その通りです。心が成長できてないから、何も感じないんだ」

「そんなわけがあるか」

楡崎がもう一度右手を持ち上げたので、駿は慌てて飛びつくようにそれを止めた。

「何で楡崎さんが怒るんですか」

「その頓珍漢《とんちんかん》な編集に腹立つんだよ。泣けないのが何だっていうんだ。言っただろ、おまえは泣けない代わりに小説を書いた。それを読んだやつが心を動かされたから賞を取って、五十万部も売れた。作品を預からせてもらってる作家に対して向ける台詞じゃない」

「でも俺がなかなか次回作が書けないから」

「書かせられない編集が駄目なんだ。何が受賞者あるあるだ、だったらもっとうまく誘導して、育ててやれってんだ。俺は自分のところの業界含めて、パワハラ紛《まが》いのことするのが正義だと勘違いして新人を駄目にする手合いが心底大っ嫌いなんだよ。結局能力のない自分のせいでうまくいかないのを、八つ当たりしてるだけのくせに」

やたらに怒り狂った楡崎が暴れないよう、駿はテーブルを回り込んでその足許に移動した。楡崎の両手をそっと押さえる。

「楡崎さん、せっかく治りかけてるのに、怪我が悪くなりますから」

「ほらみろ、愛がないって、おまえ、俺の作ったものには愛を感じてるだろうが。だから『楡崎監督』の大事な腕を痛めたら嫌だって、守ろうとしてるんだろ」

怒りながら指摘されて、駿は、不意を突かれた気分になった。

「愛を持ってない人間は、俺の作ったものを見たって何も感じないんだよ。おまえが言ったんじゃないか、俺の作品の芯には愛があるって。愛が何かが知らないやつに愛の在処《ありか》がわかるもんか。クソッ、愛愛うるせえな俺も」

楡崎は一人で激昂《げっこう》している。駿はどうしたらいいのかわからなくて、途方に暮れた。

「待て、落ち着くぞ」

食後に淹《い》れておいたコーヒーを、楡崎が一口飲んで、深呼吸している。

「それでおまえ、その編集者なんかに言われた言葉でさらに小説が書けなくなって、思い詰めた挙句《あげく》、俺のところに来たのか」

先刻よりは多少声音を抑《おさ》えた楡崎に問われ、駿は身の縮む思いで頷いた。

「俺の小説のせいで、アニメを作った人たちまで悪く言われているのを見てしまって、余計に」

「アニメ……ああ。昨日、そうか、それで」

楡崎や知人のアニメーターたちの口端《くちは》に掛けられた作品は、駿の小説を原作としたものだ。

担当編集から見せられたネット上の感想は、彼らが言ったものと変わらない。泣かせようとするストーリーがあざとい。作画がいいだけに残念。制作会社の無駄遣い。

「楡崎さんの作品は、いくらだって観られるし、観たいのに。試写の時、自分の話をアニメで見て、こんなにつまらない話だったんだって、呆然としました」

「うーん、それは……俺は実際そのアニメも、おまえの原作もちゃんと読んでないから、言い辛いけどな。そいつらは、おまえの書いたものをうまく料理できなかったんだろうよ。多分、人が死ぬなら泣かせる演出でって、商業的な成功を計算して、わかりやすいものに作り替えたんだ。作る側の人間として、そういうふうになるのはわかる。賞を取った日からアニメの公開日までを考えると、かなり無茶なスケジュールでもあっただろうし……って、原作者には関係ないよな、そんなの」

なぜか楡崎の方が申し訳なさそうな顔になっている。駿にはどう答えていいものかわからなかった。

「ただ、これは絶対、アニメの酷評はアニメの作り手側の問題だ。俺はここ数日だけでもおまえと過ごした感じ、そんな単純に『泣かせる演出だから泣いてしまう』ような話を書くとも思えない。俺の好きな短篇がそうだしな」

俺の好きな、という楡崎の言葉に、駿は体を巡る血液が少し熱くなったような錯覚を覚える。

「昨日おまえに言ったこと、『おまえのことを前から知ってる気がする』——って、もしかしたらおまえの方は、『おまえが雀部駿だということを知ってる』って意味に捉えて、ぎょっとしたのかもしれないけど」

楡崎の言うとおりだ。自分が『雀部駿』であること、その立場を利用して楡崎の住所を聞き出したことに、気づかれたのかもしれないと思って。

「そうじゃなくて、一度おまえの小説で会ってたんだよ。あの短篇を読んで、それを通して、俺はおまえに惹《ひ》かれてた。ずっと心のどこかに残っていて、おまえに直接会って、思い出した。……これ、見てみろ」

楡崎の差し出してきたタブレットの画面に、駿は目を落とした。

そこに描かれていたものに驚く。

吹雪《ふぶき》の中を歩く、真っ黒い服を着た真っ黒い髪、真っ黒い瞳の少年。

「『暗い銀世界』だ……」

「そうだとも言えるし、違うとも言える。これはおまえに最初に会った時のイメージで描いたもの」

「……俺を？」

「まあどんどん描くうちに独立して、雀部……というか、佐々木《ささき》駿とは違う存在になってるけどな、もはや」

そう言いながら、楡崎がタブレットの画面を指でなぞる。そのたびに新しい絵が出てきて、まるでアニメーションのように雪や少年が動き出す。

のように、ではない。これは、アニメーションだ。

「……あれ」

　ぱたりと、タブレットの画面に水滴が落ちて、駿は掠《かす》れた声を漏らした。

「あれ……！　何だ、これ」

　泣きたい、と思っても、泣けたことがなかった。強い感情に動かされて涙をこぼしたことは、覚えている限り一度もない。

　なのに今、駿は泣きたいと思ったわけではないはずなのに、ぼろぼろと両目から涙をこぼしている。

「おっ、泣いて大丈夫か？」

　急にどうしたのかと驚かれるか呆れられるか、無意識に反応を想像して身構えていたのに、楡崎は駿が思ってもいないことを訊ねてきた。

「泣いて大丈夫、とは……？」

「おまえが泣く代わりに強い感情の発露《はつろ》を小説でやるなら、泣いちゃったら今の気持ちを書けなくなるだろ」

「そ、そんなむずかしいことを言われても、よくわからないです……」

　声を絞《しぼ》り出すごとにさらに泣けてくる。頭がうまく働かない。わけのわからないことを言う楡崎になぜか勝手に腹が立ってきて、責めるように言うと、これもなぜか、楡崎に抱き締められた。

「もし今何かしら強い衝動みたいなものが体の中に生まれてるなら、その感じを覚えておけ。で、パソコンなり大学ノートなりに向かって、書き殴れ。バァさんが死んだ時、そうやっただろ」

「でも、あれは、ありもしなかったばあちゃんとの交流を捏造《ねつぞう》した、寂しくてみっともない、可哀想な小説だって……」

「違うだろ。バァさんが死んで悲しいのに自分でそれがわからなかったから、小説って形でバァさんに対する愛情でも恨み辛《つら》みでも、いなくなった寂しさでも、書いただけだろ」

「でもそれが、みっともないことだって」

「違うと思うけど。でもたとえそうだとしたって、何が悪いんだ？　想像とか妄想がなくちゃ、物作りなんて始まらない。作らないと生きていけないやつは、誰に笑われても謗《そし》られても憐《あわ》れまれても、作るしかないんだよ」

「俺は小説家なんてできない」

「あのな、書けないのが辛くて、面識もない俺に助けを求めるようなやつが、どうやったら書かずに平気で生きていけるんだよ？」

「……」

書けないことが辛い、と楡崎に告げたのは駿自身だ。

編集者に求められているのに仕事をこなせないことが辛い、ということかと思っていた。

でも、今は、そうじゃないとわかる。

「こんなの、こんな気持ちどこかに吐き出さないと、溺《おぼ》れて死ぬ……」

祖母が死んだ時のことを思い出した。

もっと言いたいことがあった。聞きたいこともあった。最後まで自分を疎《うと》んじていた祖母は、一体何を思っていたのか、もう聞けないということが悲しくて悔しくて――その気持ちのやり場をみつけないと、どうにかなりそうだった。

だから小説を書いた。

「バァさんのこと、おまえ、好きだったんだと思うぞ。でも単純に家族への愛情だけじゃなくて、いなくなった両親への恨み辛みとか、バァさんに愛情を持ってるほどに冷たくされることが悲しいとか腹立たしいとか、全部ごっちゃになって、受け止めるのがしんどいから、全部なかったことにしてバランス取ってたんだろ、バァさんが生きてた間は。でもいなくなって、そういう気持ちの全部を凌駕《りょうが》するような悲しみとか喪失感《そうしつかん》とかに襲われて、『溺れて死ぬ』のが怖くて、全部吐き出したんだ」

「そう……そうかな……」

そうなのかもしれない。楡崎の言葉が自然と駿の中に落ちてくる。

「おまえ、よかったぞ、小説が書けて。そのまま抱え込んでいたら、溺れて死ぬか本当に何も感じられなくなって生きるか、どっちかだったんじゃないか」

「でももう、書けなくなるのか。泣いたから」

「泣いて発散してただ終わるのは勿体《もったい》ないから、泣きながらねちねち覚えておけ、今の気持ちを。衝動のままに書けるのは二十代後半までだぞ、あとはその感情を分析して組み立てる理論が必要になるからな」

「楡崎さんも……？」

「俺も今、胸の中にぐわーっと湧いてるこの感情が何で、どう処理するか、あとでどう生かすか、すごく考えてる」

　真面目な顔で楡崎が言う。

　涙で滲《にじ》む視界の中で、駿はそんな楡崎の顔をみつめた。

「楡崎さんはどうして、俺にこんなふうに言ってくれるんですか」

　最初から不思議だった。どうして楡崎が自分に親切なのか。優しいのか。肩を抱いたり、頭を撫でたりしてくれるのか。

「一目惚れだから」

　返ってきた言葉は予想外すぎて、駿はぽかんとしてしまった。

「二度目惚れか？　作品に惹かれて、その作品と同じイメージのおまえも好きになった。最初はな」

「最初は……」

「おまえに最初に惚れたのは、『楡崎監督』だったのかもしれない。で、『溺れて死なないように』これを描いた」

楡崎が床に置かれていたタブレットを示す。

「でも途中から、これと関係なく、『佐々木駿』を放っておけなくなった。どういう好きかは、さすがにわかるよな?」

たしかめるように問われて、駿は項垂《うなだ》れるように頷いた。耳が熱い。

「あの、男ですけど、俺は……」

「何か問題あるか?」

「ええと、結婚はできないし、子供も……周りの目とか……?」

首を傾《かし》げつつ言う駿に、楡崎が噴き出した。

「自分はそんなの全然気にしてないけど、って調子で言われてもなあ」

「……恋愛自体が、俺には未知の領域というか宇宙の彼方というか……もしかしたら、両親のことがあって、どこかでああなりたくないと思っていたのかもしれませんけど」

楡崎と話しているうちに、駿は自然とそう自覚した。駿の知っている恋愛や結婚は他人を踏みつけにするようなものだから、怖ろしくて、無意識に他人事として遠ざけてきた。

「周りの目とか、自分のこと以外の要素は、ひとまず横に置いとけ。気持ちについて聞いてるんだ、俺は」

低く、真剣な声で訊ねられて、駿は身が竦む。

だがそっと相手の表情を窺い見て、楡崎が怒っているわけではなく、答えを待って緊張しているのだと気づいて、何だか肩の力が抜けた。

「気持ちはよく、わからないけど……もっとこうしていたいと思います。昨日も、思いました」

そのまま、楡崎の方に体を預ける。右腕に負担を掛けないように、そっと、相手の背中に手を回した。

楡崎ももう一度、駿のことを抱き返してくれた。

「……これが恋だとしたら、案外、あっさり落ちるものなんだな」

目を閉じて呟いた駿に、楡崎がまた笑う。

「会って一週間足らずでってことか？」

「はい」

「でもおまえ、俺の作ったものを観て、ンンッ、愛を知りたいと思ってここまで来たんだろ？」

途中、照れたのか咳払《せきばら》いを挟みつつ、楡崎が言う。

ああそうか、そうなんだなと、駿は再び納得した。

「作品を観て、先に好きになってたのか」

楡崎には、作品を通して憧れや羨望《せんぼう》や尊敬だけを抱いていると思っていた。そう無意識に認識していた、というか。

「楡崎さんがどういうふうに愛を持ってる人なのか、だからすぐにわかって、あっという間に楡崎さんのことも好きになったのか」

そう呟いてから、駿は急に不安になった。

「ということは、楡崎さんを好きな人が、視聴率とか観客動員数とかＤＶＤの売り上げの数だけいるのでは……」

「それは『雀部駿』にも言えるだろうが。でも雀部駿を好きな俺は一人だけで、俺を好きな雀部駿も一人だけだぞ」

「そう……か……？」

何だか混乱してきた。楡崎の作品が『難解』だと言われる所以《ゆえん》が、駿にも実感できてしまう。

「まあ、御託《ごたく》はいいか」

そう言うと、また咳払いしてから、楡崎が駿の顔を覗き込んだ。そっと肩を摑まれる。

「駿を、好きになった。俺が復帰するまでと言わず、このあともここにいろ」

復帰するまで、と言い出したのは楡崎だった気がするが、些細《ささい》な問題なので、駿は頷いた。

「俺も楡崎さんのことが好きなので、そばにいたいです」

「……どうもこう、お互い捻《ひね》りのない告白だな。クリエイター同士なのに」

「そうかな。今、俺、溺れ死にそうですよ」

駿が笑った時、楡崎の顔が近づいてきた。

こんなふうに人と触れ合うのは初めてだったのに、駿は自分のすべきことがすぐにわかって、すんなり目を閉じた。あまり間近で楡崎の顔を見られなかったという理由もあるが。

「……」

唇に唇が触れる。やはりこのまま溺れて死ぬのでは、と疑ったが、特に怖くはなかった。数秒で、楡崎の唇は離れた。短い時間だったのに苦しくて、駿は喘《あえ》ぐように大きく息を吸った。

やっと呼吸ができたと思ったのも束《つか》の間、もう一度、楡崎の唇に唇を捕らえられる。舌で唇をこじ開けられたことに驚いて、肩が震えた。

「……っ、……ん」

恋愛の経験はなくても、これまで読んできた数々の本のおかげで、愛し合う恋人同士がどんなことをするのか知識くらいはある。男女でも、それ以外の組み合わせであっても。

だがそれと、現実はリンクしてくれなかった。我がこととして捉えていなかったのだから、当然といえば当然だ。楡崎の舌を口中に感じるたび、体が震え、逃げそうになってしまう。

楡崎の腕が、逃がさないようにと、駿の背中を支えている。

「——口の中も冷たいな、おまえ」

唇が触れたまま囁かれ、わけもなく駿は目許を赤らめた。楡崎さんの舌が熱いんじゃないですかと言おうとして、気恥ずかしくて声にならない。

「……あの……手、大丈夫ですか……」

代わりにそう訊ねた。駿の背中を抱いているのは、ギプスの嵌まった右腕だ。左手は床についている。

「もう痛くはないけど、固定されてて動かし辛《づら》くはあるな」

どうにか楡崎の負担が減る体勢はないだろうか。先刻までその体にもたれ掛かっていたはずなのに、今は床にひっくり返りそうになる駿の体を楡崎が支えるような恰好《かっこう》になっている。

「か、体を、立て直しますから。そっちの手、ちょっと退《ど》けて……」

言う途中で、体が引っ張られる感じがした。気づいた時にはソファが背中に当たっている。楡崎のいた位置と入れ替えられたらしい。

「そっちに寄り掛かっててくれれば、俺が支えてなくても大丈夫だろうから」

「え、ええと」

さっきから口籠《くちご》もってばかりだ。自分は感情の起伏に乏《とぼ》しくて、何があっても動じない冷たい人間なのだろうと思っていた学生時代辺りを思い出し、駿は喚《わめ》きたくなった。

「駄目だ、今こそ、溺れ死ぬ。——そうだ、書かないと、楡崎さんも、描かなくて、大丈夫ですか」

溺れ死ぬというよりは破裂して頭と体が飛び散りそうだ。心臓の音がうるさく速すぎるので、本当に死ぬかもしれない。

「ここに溜めとけ、今は」

楡崎の左手が、駿の心臓の辺りをとんとんと叩く。

「こっちでもいい」

次にはこめかみの辺りに接吻《くちづ》けられた。

「感じてるものを覚え込んで、いつでも思い出せるようにすれば、書きたいネタなんていくらでも湧いてくるだろ」

そんなことを言われても、今は、理解できない。

「じゃあ今は何も考えずにいればいい」

「お……お任せしても……?」

楡崎が肩を揺らして笑った。これが無知な自分を嘲笑《あざわら》うものだったら辛い気持ちになっただろうが、楡崎の表情があまりにも「こいつは可愛いな」と雄弁《ゆうべん》に語っていたので、駿はいたたまれなさと恥ずかしさと嬉しさと愛《いと》おしさで、気が遠くなってきた。どのみち辛い。

「触るだけ、な。今日は」

「はい……」

触るだけ、というのはどういうところまでなのだろう。わからないまま駿は頷いた。考えないことにする。楡崎に任せると決めたのだ。

楡崎は再び駿に接吻けてきて、駿は先刻同様おとなしく目を閉じた。楡崎の唇はそのまま駿の耳許にずれ、首筋を下って、鎖骨《さこつ》の辺りに辿り着く。直接楡崎の唇を感じたから、シャツのボタンはいつの間にか外されていたらしい。左手しか使えないのに、器用だな、と思う。

(任せるって、言ったけど……)

楡崎からは、何も考えるなと言われた。だから駿はただそうしたいと感じるまま、自分からも楡崎に触れる。頬から首筋に掌《てのひら》を当て、楡崎の温かさをたしかめる。

(覚えておこう、全部、これも)

別に小説のためというわけじゃない。ただ、楡崎を感じるものすべてを自分の中に刻んでみたかった。

楡崎も、駿の存在に触れてたしかめるような仕種で、あちこちに触れてきた。

「冷たい……ですか?」

シャツの前ボタンをすべて外され、胸元に触れられたせいで、駿の全身が粟立《あわだ》った。震えながら訊ねると、「いや」と楡崎の返事が聞こえる。

「あったかい。この辺りが上気《じょうき》してて、色っぽい」

楡崎の掌も、先刻駿がそうしたように、頬に当てられている。目許の辺りを親指で擦《こす》られた。それだけの動きなのに、背筋がぞくりと震えた。他愛なく呼吸が乱れてしまうのが、不思議だ。

「触れるだけっていうのは、無理かもしれん」

スラックスのベルトに楡崎の指がかかる。おそるおそる、閉じていた瞳を開いて楡崎を見る。

思っていた以上に楡崎の顔が近い。じっと、熱っぽい眼差しを向けられてクラクラした。

「全部見たい。見たら、止まらなくなる、多分」

「全部……」

裸を、ということだろうか。楡崎の視線にさらされる自分の姿を想像したら、震えが止まらなくなった。怖いせいでも嫌なせいでもない。興奮しているんだ、と自分でわかって、ひどい羞恥《しゅうち》を覚える。顔が熱いのも、呼吸が荒くなるのもそれが理由だ。

震えを堪《こら》えながら、駿は頷いた。本当に楡崎に裸を見られたら自分がどうなってしまうのか、知りたい気がした。

さすがに左手だけでベルトを外すのは難しそうだったので、駿は自分でそれを外した。スラックスの前ボタンを外す。ファスナーを下ろすことはどうしてもためらっていると、金具を摘《つま》む手を上から楡崎の手に押さえられた。そのまま楡崎に導かれてスラックスの前をすべて開く。

目を閉じていると、楡崎の呼吸も微かに乱れているのがわかって、余計に興奮した。

（ああ、好きだな。好き……）

本の中の人間ではなく、アニメの中のキャラクターでもなく、生身の人間にこんなふうに素直に感じられる日が来るなんて、駿は生まれてこの方一度も考えたことがなかった。

（もっと触ってほしい。触りたい）

その一心で、自分から接吻けをねだるような動きをしてしまう。楡崎の頬を両手で摑んで引き寄せると、楡崎はすぐに応えてくれた。

楡崎の動きを真似て、駿はおずおずと、自分も拙《つたな》く舌を使ってみた。触れるだけのキスはただ心地好いばかりだったのに、貪欲《どんよく》に開いた唇の前で舌を探り合わせるような動きをすると、体がますます熱くなる。

「……ぁ……」

楡崎の指先が、下着の中に入り込み、探るように蠢《うごめ》いた。

触れられて、駿は自分の性器がすっかり固くなっていることを自覚した。

自慰行為もろくにせずに過ごしてきた駿は、楡崎の指にそれをなぞられるだけで、漏れる声が止められなくなる。

何も考えずに、と言われたことを思い出し、駿は意図的に頭から思考を追い出そうとした。楡崎の手の感触と、与えられる快楽だけに意識を向けるよう試みる。

「は……っ、……ぁ……、あ……」

こんなふうに声を上げていいのだろうか。震えすぎて無様だと思われないだろうか。殺そうとしても次々に湧き上がる思考で、駿は結局混乱した。勝手に涙が出てくる。泣いたことがない、などとどの口が言ったものか、自分だって呆れる。

「どうした?」

囁きかける楡崎の声が優しいことを、狡《ずる》いと感じてもいいのだろうか。

「は……ずかしくて……」

わかっているくせに、と責めたくなる。そうか、からかわれている気がして、狡いと感じたらしい。ここは相手を睨んでも構わない場面ではないだろうか。

そう思って目を開けて、相手を睨もうとしたのに、唇に唇で触れられてまた目を閉じる。どうか面白がらないでほしいと頼む言葉も飲み込まれた。

「駿——下脱いで、膝、立てられるか？」

「……ん……」

楡崎の手が腰に触れ、全身がびくつく。ギプスをしている方の手だ。負担をかけてはいけないと、駿はうまく力が入らずぐらぐらする体をどうにか持ち上げる。スラックスと下着を震える手で取り去ると、膝立ちになった。

薄目を開けたら、胡座《あぐら》をかく楡崎の上に跨《また》がるような姿勢になっていた。

「肩、摑まれ」

促《うなが》されて頷き、言われたとおり楡崎の肩を両手で摑む。

そこで背中から腿《もも》の裏まで掌で撫で下ろされ、駿は咄嗟《とっさ》に楡崎の首に縋《すが》るような恰好を取ってしまった。肩に摑まるだけでは、自分の体を支えていられなかった。

「そのまま、こっちに凭《もた》れていい。もう少し、腰上げて……」

駿はただまた頷き、言われるままになる。内腿《うちもも》に指を掛けられ、相手の意図を察してもう少し脚を開く。

楡崎の指が、また駿の昂ぶりに触れた。軽く握られ、擦られるたびに水音が聞こえる。先端から体液が零《こぼ》れていることにそのせいで気づいた。それを絡めるように楡崎の指が動き、強い刺激を与えられたわけでもないのに、駿は他愛《たわい》なく腰をびくつかせた。

駿の先走りで濡れた指が、今度は下肢《かし》の間――尻の狭間《はざま》に触れる。

窄《すぼ》まった辺りをなぞるように触れられ、駿は楡崎の首に言葉もなく縋りつく。

「……ッ」

楡崎の指は、遠慮なく駿の中に潜《もぐ》り込もうとしている。力を抜いた方がいいとわかっていても、難しい。

「嫌だったら、言えよ?」

楡崎の言葉が終わる前に、大きく首を振る。身動《みじろ》いだ楡崎に、首筋を音を立てて吸われた。

そこからはもう、思考を追わないよう努力しなくても、何も考えられなくなった。

体の中で楡崎の指が蠢《うごめ》く。慎重な動きで中を探られている。気持ちいいとか、悪いとか、痛いとか、辛いとか、全部が交じって混沌《こんとん》として、わけがわからない。途中、腕を引っ張って立ち上がらされた。よろめくように歩いて連れて行かれた先は、すぐそこのキッチンだ。シンクに手をついて、目を閉じる。されるまま、後ろにいる楡崎に、何かぬるぬるしたものを脚の間に塗り込められる感触を味わった。内腿を伝ってそれが流れ落ちるのがこそばゆくて震える。料理の時に馴染みのある臭いを感じた。何を塗られたかも、具体的に考えないことにする。それをさらに塗り込めるように、体の中で、くちくちと音を立てて楡崎の指が動いた。

「ん……、……」

浅いところを擦られて、腹が波打つように震えた。目に見えて反応したから、それを引き出すように同じ場所を何度も擦られ、さらに奥にも指を入れられ、中を掻《か》き回された。もう触れていない性器が、そうされるたびにもっと張り詰めていく。

「あ……ぁ……ッ、……」

止めどなく零れる体液がどうしようもなく恥ずかしくて、そう感じるたびに声が出てしまう。

長い時間をかけて中を弄《いじ》られたあと、ようやく楡崎の指が出て行った。

息を吐く暇もなく、腰を抱えられ、少し後ろに突き出す恰好になる。

じんじんと痺《しび》れるような場所に、楡崎の張り詰めたものを宛《あて》がわれた時、体が強張《こわば》った。腿を撫でられ、首筋に接吻けられ、少しだけ力が抜ける。

それを見計らったかのように、固いものが尻の狭間を数度擦ってから、ぬめりと共に、中に入ってくる。

「……ッ……ぅ……」

ゆっくりと、強く押し広げられる感覚。浅いところで留まられるのも辛くて、腰にかかった楡崎の丁を上から握り込む。楡崎が、少し遠慮をやめて、中に押し入ってくる。

そのまま後ろから抱き締められて、駿はとてつもなく、満たされた心地になった。

自分の中で楡崎の熱を感じる。

「すごいな――中は、熱い」

感じ入ったような楡崎の呟きを聞いて、駿は体中から熱が噴き出るような思いを味わった。

抱き締められていなかったら、逃げ出してしまったかもしれない。

だが楡崎は駿の体を強く抱き込んでいる。

そのまま、少しずつ楡崎が動き始めた。奥に留まったままの固いものに、小刻みに中を擦られる。あらかじめ濡らされていたせいか、ぬるぬると滑《すべ》るように中のものが動いている。

「う……、ぁ……、あ……」

後ろから体を揺すられる。こめかみを汗が伝う。前髪が額に貼り付くのが、少し鬱陶《うっとう》しい。

剝《は》がそうと手をあげかけた時、萎《な》えないまま張り詰めっぱなしの性器に触れられ、駿は大きく身震いした。中で、楡崎を締めつけてしまった気がする。楡崎の動きが少し荒くなった。乱れた呼吸が自分のものか楡崎のものか、駿には判別が付かなくなる。

中を擦る動きと同じように荒く、固く張り詰めた昂ぶりを責められ、駿は自分でもわからないうちに楡崎の手の中に射精した。

びくびくと腰が震える。最後に何度かだけ楡崎が自分本位の動きをしたあと、駿の中から身

を抜き出した。腰の辺りに生温かいものを感じる。楡崎も、昇り詰めたらしい。

「……、……」

駿は言葉もなく呼吸を乱しながら、その場に座り込んだ。

床に直接座ったと思ったのに、いつの間にか楡崎に抱えられるような恰好になっていた。

「触るだけ……は、やっぱり、無理だった」

楡崎が駿の肩に顔を埋めながら言う。駿は自分の腹の前に回された楡崎の右手を、ギプス越しにおそるおそるさすった。

「別に、痛くないって。——そんなのより、駿は」

「……」

何ともない、と応《こた》えるには、汗だくで震えの止まらない体では説得力がない。駿は黙ったまま、背中で楡崎に凭れた。それに応えるように、楡崎の腕に力が籠《こ》もる。

楡崎と繋がった先刻と同じくらい、駿はまた満たされた心地になる。

「愛を感じる……」

「そりゃ、あるからな」

当たり前だろう、というように言った楡崎に、駿は振り返って接吻けた。そうしたい気分だった。

「——駿からも、充分に」

「よかった」

自分が愛しいと思った気持ちと、楡崎が感じてくれたものが、同じだったようだ。

それは当たり前のような気がするし、信じがたい奇蹟のような気もする。

こうなることを望んで楡崎の家に押しかけたつもりはないのに、ほとんど衝動的な行動だったはずなのに、長年の切望が叶ったかのような気も。

「好きだな……」

万感《ばんかん》の思いを込めて、何か気の利いたことを言いたかったのに、そんな言葉くらいしか出てこないから、自分はやっぱり小説家は無理なのだろう。

駿はそう思ったのだが、楡崎が何もかも心得たような受け止めたような力でさらに抱き締めてくるから、余計なことを考えるのは今はやめにして、その心地よさだけを味わうことにした。

◇◇◇

翌日、楡崎のギプスは無事外れて、副木《そえぎ》と包帯だけになった。

「来週には副木もいらなくなりそうだ。綺麗にくっついてるみたいだぞ」

「よかった……」

病院から楡崎が戻るのを今か今かと待ち、診察の報告を聞いて、駿は心から安堵した。

「予定どおり、明日から仕事復帰する。本当に荷運びは手伝わなくて平気か？」

「今のマンションはしばらくそのまま残しておくので、必要なものからゆっくり運んできます。一番必要な鍋や包丁は、もうここに持ってきてるし」

「いや、おまえが一番必要なのは、パソコンだろ？　あとスマホ」

「手書きなんですよね、実は、まだ」

「嘘だろ、おまえ……」

楡崎から、信じがたいものを見る目で見られてしまった。

「どれを買ったらいいのかわからないし、ソフト……アプリ……？　どうすればいいのかさっぱりで」

「まさかスマホも持ってないなんて言わないだろうな」

「さすがに、それは。でも編集の人から電話がかかってくるのが怖くて、電源を切って家に放置してあります」

「なるほど、だからおまえ、最初の時に財布だけしか持ってなかったのか……」

「でも覚悟して、電源入れます。もう連絡も来てないかもしれないけど」

「放っとけ放っとけ、出版社の人間なら紹介できるぞ」

「でもまた打ち合わせの連絡が来たら、何か形になりそうだからもう少しだけ待ってくださいと伝えます」

「……まあ駿がそう決めたなら、いいけどな」

結局まだ、駿は次に書きたいものが何なのか、はっきりしていない。

はっきりしていないが、何か書きたい、という衝動がある。

（楡崎さんと会ってから感じたいろいろなことを、形にして、残したい）

吐き出そうとするだけではなく、残したいと思うようになったのは、いい変化なのだろうか。

書いてみないことには、よくわからないが。

「仕事再開したら、そのうちまたほとんど会社に詰める感じになると思う。ここで暮らせって俺から言い出しておいて何だけど、本当に、いいのか？　なるべく帰るつもりだけど……」

「はい。ここで楡崎さんの本を借りて読んで、楡崎さんのアニメを観て、小説を書いて過ごします」

「そうか」

小説を書く、と言った駿に、楡崎の目が優しく細められた。

「そのうちもっといい家に越そう。寝室はまあ一緒にするとして、お互い作業部屋がそれぞれあった方がいいだろ」

「そうですね……じゃあ、俺が次の話を書き上げられたら、そういう間取りの家を探しましょう」

楡崎の手が伸びてきて、ぐしゃぐしゃと駿の頭を撫でる。

「書けそうだろ？」

「書きたいです。ここまで出かかってる」

恋の話になるだろうか。それともまったく別のものになるだろうか。

何が出てくるか楽しみに思える自分が、駿には不思議だ。

「よし、じゃあとりあえず、パソコンを買いに行こう」

「えっ、今からですか。病院から帰ってきたばかりなのに」

「何かしたいんだよ、せっかくその気になったんだから、おまえが」

笑う楡崎に、駿は衝動に任せて身を寄せた。楡崎があたりまえに抱き寄せて、キスする時のこの感覚も、自分の中に刻んでおきたい。

これをどう言葉にしよう。楡崎に急《せ》かされ慌てて玄関に向かいつつ、駿は楽しく頭を悩ませた。

# 小説家と
# アニメーション監督の
# 生態について

Shousetsukato
animationkantokuno
seitainitsuite

# 1

自分の作った料理を、楡崎《にれざき》がうまそうに食べる顔、それから口に出して「うまい」と言ってくれる言葉が、一番好きなのだと思う。

「このタレもうまいな。こないだの何だっけ、胡麻味噌《ごまみそ》のもうまかったけど」

「この間のは、棒々鶏《バンバンジー》かな。今日のは口水鶏《よだれどり》ですね、楡崎さんの好みに合わせてスパイス多めにしておきました」

最近駿《する》は、料理のレパートリーを増やしている。長らく高齢の祖母のために高タンパク低カロリーの和食中心に作っていたのだが、楡崎がより喜んでくれるよう、あれこれ試しているのだ。

楡崎は苦手なものは苦手と言ってくれるし、本当に気に入った時の喜びようが伝わってくるので、作り甲斐《がい》がある。

「メシが進みすぎてやばいな……」

そして深刻な顔で言う楡崎に、駿は笑った。

「いや笑うなよ、このままおまえの作るもんを野放図《のほうず》に食べ続けたら、腹が出そうだ」

駿が一人暮らしの部屋からひとまず楡崎の家に寝起きする場所を移してから、早一ヵ月。

駿より八歳ほど年長の楡崎は、三十路《みそじ》を過ぎていることもあるからだろう、ときおり体型について気にするようになった。

「カロリー計算もしてるから大丈夫です、大雑把《おおざっぱ》にですけど、塩分とか糖分も、一日でバランスよくなるように考えてるから」

駿と出会うまでの楡崎は、まともな食生活をしていなかったらしい。仕事に没頭《ぼっとう》すれば食べるのが面倒になり、食べてもコンビニ弁当やらカップ麺《めん》やらでもマシな方で、下手すればスナック菓子ですませることも多かったという。そんな頃よりは、三食きっちり食べている今の方が絶対健康にいいはずだ。

駿はそう確信を持っていたが、楡崎の方は、少々眉間に皺《しわ》を寄せている。

「あのな、やってくれるのはありがたいし嬉しいんだけど、無理はするなよ？」

どうやら楡崎は、カロリーだの塩分だのを計算していると聞いて、駿の負担になっていないかを懸念《けねん》しているらしい。

「祖母の時で慣れてるので、無理ではないです。むしろ献立《こんだて》を考える時に、何が足りないかで決める方が楽ですから。最近はほら、こういうアプリもありますし、祖母のために用意してた頃に較べれば手間にもならないくらいで」

「へえ」

手許《てもと》にあったスマートフォンの画面を見せた駿に、楡崎が感心したように頷いた。一食分のメニューを打ち込むと、摂取《せっしゅ》カロリーや栄養素が出てくる。足りない栄養素があれば、それの含まれた材料を使った料理まで提案してくれる、非常に便利なアプリだ。

「スマホ持ってるだけで、電話すらろくに出なかったたっていう駿が、そんなアプリの使い方までよく覚えたなあ」

楡崎は大袈裟《おおげさ》なくらい感動した様子で、目頭《めがしら》を押さえている。こちらをからかっているのだと気づいて、駿は目許を赤くしながら俯《うつむ》いた。

「楡崎さんの骨が二度と折れないようにするためです」

少し強気で言い返してやろうと思ったのに、スマートフォンの電源すらうまく入れられずに長い間放置することも多かった身としては、声を張るのが難しい。

楡崎は喉《のど》で押し殺すような笑い声を漏らしていた。

「メッセージの送り方を覚えてくれてよかったよ。外にいる時にすぐ連絡つくのとつかないのじゃ、実際連絡するかどうかは置いといて、安心感が違う」

楡崎の骨は無事くっついて医者からも完治の太鼓判を押され、体調の方もすっかりよくなり、再びアニメの制作会社へ通勤する生活に戻った。病み上がりなのでしばらく仕事は控《ひか》え目にするとは言っているが、日曜日以外毎日出勤だ。時間は不規則で、朝出かけて夕方戻ってくる時もあれば、夕方出かけて明け方戻ってくる日もある。食事の支度の都合があるからだろう、楡崎は毎日、戻ってくる時間を駿に報《しら》せてくれた。

「本当、便利ですよね。何時に帰るって教えてくれたら、今か今かって待ち続ける必要もないし……」

呟いてから、駿は自分が何となく恥ずかしいことを口走った気がして、はっとした。

駿の方はどこに出勤する必要もない身分なので、食事や日用品、それから書籍を買う以外、ほとんど家にいる。楡崎が出かけている間、一人の時は帰りが待ち遠しくて仕方がないのだと、白状してしまったようなものだ。

（いや、知られて、困ることでもないんだけど……）

長らく自分の感情と向き合わずにいたせいだろうか、駿はまだ、誰かに素直な愛情を向けることに慣れない。

誰かに――たったひとりの身内だった祖母にそれを向けたところで、冷たく拒《こば》まれることがわかっていたから、期待しないようになってしまっていたのだろうと、今では自覚している。無駄な想いを抱いていることを嘲笑《あざわら》われる気がして心が竦《すく》み、その気持ちに価値などないと踏み躙《にじ》られたような痛みと羞恥《しゅうち》を味わわないよう、自分を守り続けてきた結果だ。

そのことに気づいた今、昔よりも、むしろ自分の感情や相手からの反応に、過敏になってしまっている。

「駿がそうやって俺を待ってるだろうなって思うから、今までみたいに無茶して泊まり込みだの、メシも喰わずに根《こん》詰めて作業だの、しなくてすんでるんだよ」

だからまたからかうような態度を楡崎に取られたら、ひどく傷つくかもしれない——という駿の懸念は、杞憂《きゆう》でしかなかった。楡崎はしみじみと、溜息混じりに、そんなことを言ったのだ。

「正直俺だって元々電話なんて面倒で、メッセージアプリだので気軽に連絡取られると鬱陶《うっとう》しいだけだから、使ってないふりまでしてたんだけどな。まさか通知音が来たら、駿からかもしれないって思って妙に気分が上がるような……いや、何でもない、いいんだ、こんなことは」

つい本音を漏らしてしまってから、それを自覚して急に照れたような怒り顔になる楡崎を、駿はまじまじとみつめてしまった。

視線に気づいた楡崎が、ますます顔を顰《しか》めている。

「おいそんな目で見るな。わかってんだよ、柄にもなく浮かれてんのは」

「浮かれてるんですか？」

とてもそんなふうに見えない仏頂面《ぶっちょうづら》だったが、しかし駿にも、楡崎が本人の言葉通りの状態になっていることはわかっている。問い返したのは、先刻の楡崎同様、少しだけ相手をからかいたい気分になってしまったからだ。勿論《もちろん》馬鹿にしたり、嘲笑ったりするためなどではない。相手の反応が嬉しくて、愛《いと》しくて、もっとそんな様子を見たくなってしまったせいだ。

「浮かれもするだろ、こっちは八年だか九年ぶりの恋愛沙汰《ざた》だぞ」

強面《こわもて》の楡崎が言うとまるで『刃傷沙汰《にんじょうざた》』のような響きにも聞こえるが、相手がやはり照れ臭すぎて表情が弛《ゆる》まないよう引き締めているせいでどんどん顔が怖くなるというのがわかって、駿はたまらず、顔を伏せた。

「……俺なんて、初恋だ」

二十四歳にもなって言う台詞《セリフ》ではないだろう。けれども取り繕《つくろ》う気も起きない。楡崎の前で何を隠したってきっと無駄だ。人の心の奥底までみつめ、暴《あば》いてしまうことが得意なこの人に、自分の心の動きすらろくろくわからずに生きてきた駿が敵《かな》うわけもないし——それに、もっと暴いてほしくもあった。

楡崎の目に映る自分が、駿は好きなのだ。初めて自分に対してそんな感情を抱いた。他人にも自分にも関心を持てない、愛のない人間。そういう駿の自己評価を、出会って間もない楡崎は綺麗に覆《くつがえ》してくれた。

それでも気恥ずかしさが消せずに俯くばかりの駿の隣に、箸《はし》を置いた楡崎がテーブルを回り込んで近づき、身を寄せてきた。

「……」

今は食事の途中だ、とか。

そんなつまらないことを口にするつもりも余裕もなく、駿は楡崎に抱き寄せられるまま目を閉じた。

「……ん」

まだ慣れず、どのタイミングで唇を開いたらいいのかわからない駿の頬を、楡崎の指がちょんちょんとつつく。駿が遠慮がちに開いた唇の中に、楡崎は迷いなく舌を差し入れてきた。

昨日今日恋人として同じ家で暮らし始めたわけでもないのに、こんなところで戸惑う自分が駿には余計に恥ずかしい。何しろ恋愛経験というものがなかったもので気後《きおく》れしてしまう。楡崎とこうして触れ合うことは嫌ではないのに――むしろ胸の奥からどうしようもない喜びが湧《わ》き上がってくるほどなのに、まだうまく自分から積極的に舌を使うこともできず、ただ楡崎にされるばかりになってしまう。逃げないようにするので精一杯だ。

(間違ってたら恥ずかしいとか……そんなの、気にする人じゃないのはわかってるのに)

最初にすべて楡崎に委《ゆだ》ねたのがいけなかったのだろうか。キスもそれ以上の行為も、楡崎から誘ってくれなければ何も始まらない。いい大人なのにいつまでも物慣れない自分が情けなくもあり、それでも飽きずに触れようとしてくれる楡崎が嬉しくもあった。

「……っ、……ぁ……」

キスだけで息が上がりそうになったところに、シャツのボタンを外され、胸元をくすぐるように触れられて、駿は堪《こら》えきれず声を漏らす。そんなところを弄《いじ》られて痺《しび》れるような、震えるほどの快感があると知ったのは、言うまでもなく楡崎にそうされるようになってからだ。摘《つま》んで捏《こ》ねられ、指の腹でぴたぴたと慈《いつく》しむように撫でられるたび、いちいち体をびくつかせてしまう。

「相変わらずここも、色素薄いなあ」

楡崎はキスを止めて、シャツをはだけさせた駿の胸元をじっと見下ろしている。どこか観察するような様子に、「仕事に何かしら役立つのだろうか」と思って駿は今すぐシャツの前を掻《か》き合わせるか、楡崎の肩を押し遣《や》るかしたい衝動を耐えた。

（いや、でも、男の……しかもこういうことをしてる最中の体なんて、『楡崎監督』の作品でそうそう必要になるか……？）

訝《いぶか》るものの、「実際作品に落とし込まなくても、知っていて描かないのと知らずに描けないのは違うって言うしな」と自分を納得させようとするが、固く尖《とが》り出した乳首を楡崎の唇に含まれると、そんな思考もすぐどこかへ消し飛んでしまう。

「あっ、ん……ッ……」

舌を使って、固くなった部分を転がすように舐《な》められる。生温かく濡れた舌で刺激される感触に気を取られている間に、いつの間にかズボンのベルトもボタンも外され、ファスナーまで下ろされていた。楡崎の手はためらいなく駿のズボンを両脚から取り去ろうとしている。駿も、ぎこちない動きながらも楡崎がやりやすいよう腰を浮かせた。下着の上から脚の間を摩《さす》られ、そこにあるものももうすっかり固くなっていることを自分でも思い知る。触れている楡崎にも嫌と言うほど伝わっているだろう。キスされて、胸を舐められただけでこの有様《ありさま》だ。

（他愛《たわい》なさ過ぎる）

小説などで、こういう場面で女性が相手を焦《じ》らす描写が出てくることが、信じられない。男女の差なのだろうか、それとも経験の差なのだろうかということすら駿にはわからないのに。

下着も取り払われたあと、楡崎にもう一度キスされる。背中を支えられ、そっと床の上に横たえられた。膝を立てさせられ、脚を開かれる姿なんて見ていられないのに、優しく自分に触れる楡崎の、少し熱っぽく見える瞳や表情は見ていたくて、駿は瞼《まぶた》を閉じ続けることができない。楡崎がこちらに覆《おお》い被《かぶ》さってきて、丁寧にまたキスしてきても、薄目を開けてその様子を間近でみつめ続けるが、

「あ……」

開かされた脚の最奥《さいおう》、窄《すぼ》まった辺りを指でなぞられると、ぎゅっと目を閉じずにはいられなかった。

楡崎の指は濡れている。駿が触れられる感触に気を取られている間に、しっかりローションを用意していたのだ。こういうローションだの、コンドームだのを、二度目のセックスの時から楡崎はちゃんと準備してくれていた。

ローションは粘度《ねんど》が強くて、そのせいか妙に濡れた音が駿の耳を突く。楡崎の指が入ってくるだけでぐちゅっと音が立ち、それがやたらいやらしい響きに聞こえていつもうろたえてしまう。

（いやらしいことをしてるんだから――）

そう意識すると、気持ちが昂《たか》ぶってくる。楡崎と出会うまで、自分に人並みの性欲があるなんて知らなかった。いや、これが人並みなのかもわからない。キスだけで吐息を乱すのは、胸を弄られて声を漏らすのは、そんなところを指で擦《こす》られて感じてしまうのは、普通なんだろうか。

「……っん、あ……」

楡崎は丁寧に、駿の中を指の腹で探ってくる。浅いところを繰り返しトントンとつつかれ、そのたび駿は肌を粟立《あわだ》たせ、小さく震えを繰り返してしまう。

「そ……こ、いやだ……」

少し前に、そうされると駿がひどく反応することに気づいてから、楡崎はセックスのたび重点的に同じ場所を刺激するようになった。

「嫌か？」

問い返しつつ、楡崎は指の動きを止めようとしない。探るように駿の顔をじっとみつめている。

「や……な、何も、考えられなくなる、から……っ、……」

楡崎に触れられている間、できるだけ自分の思考を追いたいのに。自分が何を感じてどう思っているのかを的確に言語化したいのに、そうされると、たやすく思考が吹き飛んでしまう。

「いいだろ、別に」

ちゅっと、音を立てて耳許にキスされて、駿は完全に何も考えられなくなった。中を擦る楡崎の指が執拗《しつよう》になる。勝手に駿の腰が浮いて、強すぎるから逃《のが》れたい一心だったはずなのに、まるでより快楽を得ようとねだるような動きになった。

「ん……こっちも?」

多分、楡崎は駿がそんなつもりなどないとわかっているのに、まるで『触ってほしくて腰を押しつけてきた』と言わんばかりの口調で訊ねてくる。恥ずかしいくらい欲望を剝《む》き出しにして昂ぶった性器にも触れられ、駿は必死に首を振った。

「だめ、だめです」

「何で」

「そ、そこ、触られたら、すぐ」

中からも外からも責められれば、あっという間に達してしまいそうになる。こういう時、いつも楡崎に身を任せ続けているけれど、今日はそれにしたって早い。触れられることに慣れかけた体を抑《おさ》えきれない。

「いいだろ、気持ちよくしてやりたいんだから」

楡崎の方はまだまだ余裕の様子で頑《かたく》なに首を振る駿を見下ろしているし、ゆるゆると茎《くき》を擦る動きも、トントンと中を指でつく動きも、やめない。

駿はぎゅっと唇を噛み締め、精一杯、楡崎の腕を押し遣った。

「駿？」

不思議そうに首を捻《ひね》る楡崎の胸も押し返して、どうにか身を起こす。

「……楡崎さん、のも」

浅く肩で息をしながら、自分の顔が限界まで赤くなっていることを意識しつつ、小声で言う。駿が手を伸ばしてズボンのボタンに指をかけても、楡崎は何も言わなかった。微《かす》かに震える指で楡崎のズボンの前を開き、下着の中へとおそるおそる両手を差し入れる。

自分から楡崎に触れるのは初めてだ。いつも相手にされるまま、してもらうままが精一杯だった。

いい加減、自分だって楡崎によくなってほしいと思うようになってから早一ヵ月ほど、今日こそは、次こそは相手に同じことをしてみようと思い続けていたが、ようやく叶った。

（熱い……固い……、……大きい）

身の内に受け入れたことは何度もあるのだから、それなりの形や大きさはわかっているつもりだったが。

これまでじっくり眺めたことのなかった相手のものを近くで見下ろし、手で触れてみると、その存在をいつも以上に生々しく、そしてなまめかしいものに感じてしまう。

自分は触れているだけなのに、背筋がぞくぞくするような興奮と快楽が身の内に走って、驚いた。

（楡崎さんばっかり触ってくれて、退屈なんじゃって思ってたけど……）

駿が手を動かすたび、楡崎の眉根に微かに皺が刻《きざ》まれる。その表情に駿はみとれた。自分の拙《つたな》い指にも感じてくれていることが伝わると、気持ちも体もますます昂ぶってくる。

（ああ、早く中、欲しいな）

もう何度も楡崎のものを受け入れてきた体が、与えられる感覚を期待して、うずうずと疼《うず》いてきてしまう。

「――生懸命触ってくれてるとこ、悪いけど」

どうしよう、自分で止めておきながらもう欲しいだなんてねだるのは、浅ましすぎるだろうか。そう思って焦れる駿の手を、楡崎が上からそっと押さえて止めた。

「もう充分だから、こっち、いいか？」

我慢できないのを見透かされたか、それとも楡崎の方も限界なのか、どちらにせよ駿が拒む理由はまったくない。目を伏せながらおとなしく頷いて、楡崎に促《うなが》されるまま床に膝を立て、ソファの座面に上体を預けるような姿勢になった。後ろから腹を抱えられ、楡崎の方へと腰を突き出す格好になるのが恥ずかしいのに、その気恥ずかしさのせいでますます気が昂ぶってしまう。

もう一度、濡れた楡崎の指が尻にかかる。何度か指を抜き差しされ、中まで濡れた感触が行き渡ったあとその指が出て行って、代わりにもっと固い、太いものが宛《あて》がわれた。そのままぐっと中に押し入ってくる。

「……ッ……」

充分濡らされた場所は、さっきまで触れていたあんなに大きいものをぬるりと飲み込んでいった。押し広げられ、満たされる感触に駿は息を詰める。後ろから入れられることは最初の時以来あまりない。大抵は向かい合って抱き合って、慈しむように接吻《くちづ》けられながら体を繋《つな》げるのに。

今は両腕で腹を抱かれ、荒くはないのに強い動きで、奥まで貫《つらぬ》かれていく。圧迫感に身を竦めかけるが、項《うなじ》を唇で吸われて背中がしなった。逃げそうになる腰を押さえ込まれ、さらに強く、中を穿《うが》たれる。

「んっ、ぁ……っ、あ……！」

体を揺すられるたび声が漏れた。身を引いた楡崎が、指で触れていたのと同じ浅い場所を、狙ったように先端で刺激してくる。それだけで目が眩《くら》むような快感を与えられるというのに、楡崎の手が前に回り、だらしなく先走りを零《こぼ》す性器を摑んでくるから、駿はまた背を反《そ》らしながら大きく体を震わせた。

「……ぁ……楡崎さ……っ、そこ、だめ……」

楡崎が自分の腰を摑む手、前を扱《しご》く手を両方押さえて止めようとするが、はなから力は入らず、楡崎の方も止める様子をまったく見せない。

「駄目じゃないだろ？　駿、滅茶苦茶《めちゃくちゃ》気持ちよさそうだぞ」

「だめ、いっちゃう、すぐいっちゃう……ッ」

自分が何を口走っているのか、自分でもよくわからない。ただ、すぐに終わってしまうのが嫌で、もっと長く楡崎と繋がっていたいのに自分だけ達してしまうのが情けなくて、何度も首を振った。

（もっとたくさん、楡崎さんのこと、考えたいのに）

どうしてもわけがわからなくなってしまう。ただ楡崎の方に強く心が向いて、好きだとか愛しいとかの想いが快楽と溶けるように混ざり合っていく。目の前が白く飛ぶようにちかちかして、もう自分がどんな言葉を、声を漏らしているのかすら自覚できなくなる。

繰り返し体の中を突かれて、受け止めきれないほどの刺激で腰や背中や、腿《もも》のあたりが引き攣《つ》るように震える。気持ちよすぎるのが苦しいくらいで、涙が滲《にじ》んでくる。

「う……、……んっ、……ん……」

無自覚にソファの上のクッションにしがみついて顔を埋《うず》めていると、そっと頭を撫でられた。楡崎の手で振り向かされ、子供みたいにぐちゃぐちゃに泣いている顔を見られていることを恥ずかしいと思う前に、キスされる。

駿は自分から唇を開いて、ねだるように舌を差し出した。すぐに楡崎が応《こた》えてくれるから、自分がどんな甘えた声をもらして、どんなに物欲しそうな顔をしていたか、考えずにすむ。

楡崎の吐息も浅く、荒くなっていて、自分の中で感じているのだと伝わってくると、駿はその喜びにもまた身震いした。

抑えきれないように強くなる楡崎の動きを味わいながら、駿は再びクッションに額《ひたい》を押しつけて、声もなく達した。

「……んっ」

楡崎の方も、低い声を零しながら、駿の中で射精したようだった。

相手も充分気持ちよかったことがわかると、駿はイッた余韻《よいん》を引き摺《ず》るように、また震えてしまう。

しばらく二人とも言葉もなく、乱れた呼吸だけを繰り返した。

「——枯れたと思ってたけど、全然だったなあ」

少ししてから、楡崎が溜息混じりにそんなことを呟いた。

「……花とか……ありましたっけ……」

相手の体重を背中に感じて言いようのない満足感と多幸感《たこうかん》に包まれていた駿は、楡崎の言葉に小さく首を捻った。まだ呼吸は整わず、全身汗だくだ。ぐったりとソファに伏せた体に密着したままの楡崎の体がくっついているのが、先刻までの目が眩むほどの刺激とはまた違う意味で心地いい。まだ動きたくない。

「いや、俺がさ」

楡崎は駿の中に身を収めたまま、両腕でゆるく腹の辺りを抱いている。

「言ったろ、久しぶりの恋愛沙汰だって。仕事してりゃ必要ないと思ってたし……でもむしろ、彼女がいた頃の方が面倒だったような」

そう言ってから、楡崎が一度言葉を切った。駿の後ろで、短く頭を振る気配がする。

「いや、こんな話、いいか」

昔の恋人の話など、今の恋人である駿に聞かせることはないと思ったのだろう。

だが駿は楡崎の下で身動《みじろ》いで、後ろを振り返ろうとする。

「聞きたいです。楡崎さんのこと知りたいし、それに人の恋愛話なんて、本で読む以外に触れたことがないし」

目が合った楡崎は、少し眉を顰《ひそ》めるような表情になっていた。

「――妬《や》いたりしないのか？」

問われて、駿も小さく首を振った。

「します。するし、辛いけど……これもまた、味わっておきたい気がして」

駿は真面目に応えたつもりだったのに、返事を聞いた楡崎は微かに噴き出している。

笑われる理由が、駿にはいまいちわからない。

「じゃあまあ、おいおいな。今は……」

楡崎が唇を寄せてくるのを見て、駿は触れやすいように顔を傾けた。楡崎の掌《てのひら》が汗ばんだ駿の腹や胸の辺りを意味ありげに撫でる。行為のあとの余韻を味わいながら体の熱を治めるための触れ合い――という雰囲気ではなく、まだ燻《くすぶ》ったままの快楽をさらに高めて、続けるための愛撫になっていく。

「……もう一回？」

消え入りそうな声で問うと、頬や目許にキスされた。

「駿が誘ってくれたから、どうもいつもより、盛り上がってる」

あまり盛り上がっているという態度ではないように見えるが、駿の肌に触れたままの楡崎の仕種はひどく官能的だ。

誘って、という相手の言葉に、駿は自分が自《みずか》ら楡崎の性器に触れたことを思い出して、全身赤くした。

それを見た楡崎が笑う。

「わ、笑わないでください」

「おまえ肌白いから、赤くなると、本当すぐわかるよな」

「――」

からかわれて、自分は怒ったり拗《す》ねたりしたっていいのだろうと思うが、楡崎の声音も口調も「愛しくて仕方がない」というものでしかなかったから、返す言葉も駿には思いつけない。

ただ、もう、体が熱い。

「いけるか?」

そう言いながら、楡崎がすでに二つ目のコンドームの封を切ろうとしているのに気づき、駿は恥ずかしさを持て余しながら微かに頷く。

「ぁ……、……」

楡崎の性器は一度射精したはずなのに再び固さを取り戻したらしく、中を出て行く時にそれで内側を擦られて、呆気《あっけ》なく甘い声を漏らしてしまった。

楡崎は駿を焦らすことなく、準備を終えると、また駿の中に入り込んで来た。

さっきよりは余裕を持って受け入れられると思ったのに、楡崎のものに体の中を満たされると、駿はまたすぐに何も考えられなくなってしまう。

「……あ……っ、ん……」

ゆるく体の中を擦られ、胸元を優しく、ときおり強く指で弄られながら、駿はまた楡崎との行為に没頭した。

## 2

楡崎《にれざき》と暮らし始めてから、こんなことばかり繰り返している。

溺《おぼ》れている、と言っていいほどだ。

（こんな……、……してばっかりで、大丈夫なんだろうか……）

我に返ると何だか不安になる。

楡崎が仕事に出かけ、駿《すぐる》一人が家に残されて、まだベッドから起き上がることもできない。

楡崎の寝室、ベッドはセミダブルだから、二人だと狭いが一人だとそれなりの大きさで、それが寂しくて駿は毛布にくるまり丸くなった。

ゆうべはすっかり疲弊《ひへい》した駿を楡崎が風呂まで抱えていってくれて、体を洗うついでにまた懲《こ》りもせずキスしたり触り合ったり、さすがに三回目の挿入にまでは到らなかったが、のぼせてしまってさらに疲れた。

おかげで楡崎と抱き合ってベッドに入ってすぐ寝入ってしまい、朝になっても目が開かず、朝食の支度をするどころか、出かける楡崎を見送ることも出来ずじまいだった。

昼前にやっと起き上がり、着がえてから、せめてもと思い部屋の掃除を始める。

毎日真面目に出勤している楡崎と違い、駿の方は当面差し迫《せま》った〆切もなく、仕事を始める切っ掛けも摑めない。

三作目のプロットを急いだ方がいいのかもしれないが、もしかしたらその話は立ち消えたのかもしれず、よくわからないままだ。

デビュー作から面倒を見てくれた編集者には、楡崎の家に越したあと、スマートフォンの電源も入れず長らく連絡を断っていたことに対する謝罪と、住居が変わった旨《むね》メールで報《しら》せたが、それから一ヵ月間返事もない。多分見放されてしまったのだろう、と思う。二作目の売り上げが芳《かんば》しくなかった時点で、相手のやる気が削《そ》げていたことは、駿にもよくわかっている。

(三作目までは新人賞をくれた出版社で書くのが慣例だっていうようなことは言われてたけど……売れない新人を囲い込んだところで会社にはデメリットしかないだろうし。干されたってことなんだろうな)

恩に報《むく》いることのできなかった後ろめたさはあるが、落胆はあまりない。賞を取ったこと自体が、そもそも身に余る状況だったのだ。

(でもせっかくまた、小説を書きたくなったんだし。何かしら書き上げて、今度こそ自分の意志で、どこかに投稿するとかして……)

受賞作の賞金と、定期的に振り込まれる重版分の印税で、当面は喰うに困る心配もない。祖母の残した蓄《たくわ》えもある。二作目も、重版こそかからなかったが、初版部数が強気だったために、印税は充分すぎるほどもらってしまった。

（せっかくパソコンも楡崎さんに選んでもらったんだ。毎日少しずつでいいから、書きためて）

とは思うものの、そのパソコンを、駿はここ二週間ほど開いた覚えがまったくない。

最初は物珍しさで電源を入れ、テキストエディタを立ち上げてはみたものの、すぐには書きたいものが浮かばなかった。小説といえば大学ノートに書き殴ってきたもので、キーを打つ指が覚束《おぼつか》なかったせいもあるだろう。

かといって、その大学ノートに何かしら書き綴《つづ》ることもほとんどなかった。

何しろ気を抜けば楡崎のことを考え、楡崎との行為について反芻《はんすう》しては気恥ずかしさと嬉しさでソワソワして落ち着かず、気を静めるために掃除を始めたり、洗濯に精を出したり、手の込んだ料理を始めてしまったり――。

楡崎が家にいる時は、ペンを握る気分にすらならなかった。少しでも楡崎の顔を見ていたかったし、声を聞いていたかったし、そばにいたかったからだ。

休日には一緒に買い物に出かけたり、映画や展示会を観《み》に行ったりするから、やはりパソコンを開く隙もない。

（――あ、しばらく鶏肉が続いたし、今日はハンバーグにしようかな）

だから本当は、楡崎が仕事で不在の今こそ、小説を書く時間に充《あ》てるべきだと思うのに、気づけば楡崎の好物を作るために財布を握って、いそいそとスーパーに向かったりしてしまう。

少しずつ焦《あせ》りは募《つの》るのに、楡崎のそばにいること、楡崎のために何かをすることが幸せすぎて、それを手放すことができないままでいた。

◇◇◇

「今日、向原《むかいはら》に『何だか最近色艶《いろつや》がよくなってきたな』って言われたけど、犬猫かよ」

仕事から帰ってきた楡崎の雑談なのか愚痴《ぐち》なのかわからないものを聞いて、駿は嬉しくなった。

出会った時の楡崎は怪我と病気のセットで、ずいぶん痩《や》せていた。だから今でもとにかく楡崎に健康になってほしい、長生きして欲しいという一心で、その身のまわりの世話に励《はげ》んでしまう。

好物の煮込みハンバーグをもりもり食べる楡崎の様子を見ていると、たとえようなく幸福な気分になった。

「服も小綺麗になったとか。女が出来たんじゃないかって疑われてる」

しかし楡崎が続けた言葉には、どう返答したらいいのか、困惑した。

楡崎は、箸《はし》を握ったまま目を伏せる駿を見て、軽く苦笑している。

「向原にはそのうち話すけど、いいよな。おまえのこと」

向原というのは楡崎の同僚で、大学時代からの友人でもあるらしい。しょっちゅう名前を聞くし、しょっちゅう悪態《あくたい》をついているところを見るが、楡崎にとっては一番気の置けない親友であるようだった。

「楡崎さんがよければ、ですが……」

迷いつつ、駿は遠慮がちに答える。

駿自身は他人の人間関係、特に『色恋沙汰《ざた》』に興味はなく、他の人間がそういったものにどういうジャッジを下すかについてずっと疎《うと》いままでいた。

それが人の恋愛事情に興味がないというよりも、あまり考えたくないから無意識に避けてきただけだということに、最近気づいた。周囲に蔑《さげす》まれるような行動を取った親のことも、彼らを憎んで実の孫である自分に対して生涯冷淡な態度を取り続けた祖母のことも、無責任に口さがなく自分たちについて噂する周囲の人々のことも、全部「仕方がない」ですませてきたが、楡崎と出会ってからは少しずつそのことを考えるようになった。そして考えると気が塞《ふさ》ぐ。身動きが取れないほどの痛みを与えてくるわけではないが、触れると鋭く痛み、じゅくじゅくと膿《う》んだまま治ることのない傷口のように、いつまでも駿の中にあり続けている。

(不倫だの、子供を捨てて出奔《しゅっぽん》するよりは、男同士の関係の方が、まだ世間的な理解は得られてるのか……?)

自分とこうして暮らしていることが原因で、万が一にも楡崎が後ろ指を指されるようなことになれば、駿にとっては辛《つら》すぎる。

「いいも悪いも、あいつは俺が誰を選ぼうが、感謝しかしないだろうよ」

想像だけで滅入《めい》ってきた駿に対して、榆崎の返答はあっさりしたものだった。

そしてそういう言葉選びになったということは、駿が何を考えているのか、お見通しなのだろう。

「相手ができたなら自分に紹介しろ、何なら金を包んで土下座して、どうか榆崎を見捨てないでくれって頼み込むってよ」

「そ、そうなんですか?」

駿の方は、榆崎の言葉が予想の範囲外にありすぎて、面喰らうばかりだが。

「あいつは俺のことを本当に人として駄目だと思ってるからな。料理がうまくて才能あっておまけに美人ときたら、おまえ目の前にした時はひっくり返って泡噴《ふ》くぞ」

面白がるように言う榆崎の言葉は半《なか》ば以上冗談だと理解しているのに、いくらか本気の声音が混じっているのもわかってしまって、駿は赤くなる目許《めもと》を見られたくなくて少し俯《うつむ》いた。

「そのうえ夜はやらしいし」

「ちょ……、……っと、待ってください、あの、そういうのは」

榆崎は完全に駿をからかうモードに入っている。止めなくてはと思うのに、ゆうべの自分と榆崎の色々を思い出すことが止められず、駿は気恥ずかしくて目許どころか全身が熱くなってきた。

「照れる様子は可愛いし」

「楡崎さん……」

困り果てて、少し恨む気分で目を上げると、笑いを噛み殺す相手と視線が合った。

「可愛らしいっていうよりは、色っぽいんだけどな、おまえの場合。他にうまい言い回しがみつからん。何て言えばいいと思う？」

「……知りません」

耐えきれなくて、駿は楡崎から顔を逸《そ》らした。拗《す》ねて外方《そっぽ》を向く子供のような仕種になってしまったことを瞬時に恥じたが、ちらりと横目で見遣《みや》れば、楡崎はまた面白そうにこちらを見ているので、駿も慌ててまた視線を逸らす。

「——ああ、なるほど、耳のつけ根から首のラインか……」

そしてぶつぶつと、今度は独り言のような声が聞こえたかと思うと、楡崎は手近にあったタブレットを膝に載せて、急にデッサンを取り始めている。

何て脈絡のない人だと、駿は感心する心地になった。つい今までこちらをからかっていたかと思えば、急にクリエイターの顔に変わる。

（さすが、天才楡崎監督……）

これ以上面白がる視線に晒《さら》されていたら恥ずかしさに耐えられず、食事の途中なのにキッチンに逃げ込むしかなかったかもしれない。

だがようやくからかうのをやめてくれたことに、駿は素直に安堵できなかった。

（楡崎さんは、いつでも根っこが『作り手』なんだ）

柄にもなく浮かれているのだと本人は言っていたし、実際そういう部分もあるだろう。でなければ、時間を惜《お》しんでベッドを共にするようなことはしない。

けれども楡崎はいつだってクリエイターで、当たり前のようにものを生み出す人だ。

それに引き替え、今の自分は――。

（……楡崎さんが俺に「一目惚れ」してくれたのは、俺が小説を書いてたからだ）

二度目惚れ、とも言われただろうか。最初に駿の小説を読んで気に入り、その中に作者の姿を感じ取っていたから、駿自身に会った時にすんなり恋に落ちたのだと。

その感覚は、駿にもよくわかる。駿も同じだったからだ。作品だけではなく、それを作り出した側にも興味を抱いたのは、楡崎が初めてだった。おそらく楡崎自身を知らずにいたなら、作品を通して彼に惹かれることもなかったのだろう。好きな作品を生み出す相手一人一人に恋をしていたら身が持たない。楡崎だけが違って、特別だった。『楡崎佳視《よしみ》監督』が特別優《すぐ》れた才能を持つ人だから、というのともまた違う。

（その辺り、まだうまく言えないんだけど……）

感覚では納得しているのに、他人に説明しろと言われたら難しいと思う。

（それを説明して、言葉を使って説得するのが、多分『小説家』なのに）

タブレットの上で、まるで魔法の杖《つえ》を振るようにペンを動かし猛烈な勢いでスケッチを続ける楡崎を、動かないよう横目で見ながら、駿はそう考えた。

楡崎のそばにいる時、触れられている時、それによって与えられる感触や感覚や感情を忘れないようにしなくてはと、駿は必死で思考しようとするのに、結局いつも途中で我を忘れてしまう。

楡崎の方は、夢中になりながらも、しっかりそれを自分の中に蓄えたり、得たものを作品に生かすべく身軽にアウトプットしたり——たとえば、今のように——しているように見えるのに。

（……もし俺が、このまま何も書けなくなったら）

ふと、そんなことを考えてしまって、駿はぞっとした。

狼狽《ろうばい》して身動《みじろ》いでしまい、テーブルに手が当たる。ガチャンと、食器が食器にぶつかる音がして、楡崎が我に返ったようにペンを握る手を止めた。

「あれ、悪い。メシの途中だったのに」

スケッチを始めたことすら無意識だったのだろう、楡崎がそんな自分自身に驚いたように目を見開いた。

「っていうか、話の途中だったたか」

「――いえ、向原さんには、俺のことをどう紹介してもらっても大丈夫ですから」

駿はどうにか会話の途切れる直前までしていた内容を思い出し、小さく笑って、そう告げた。

「食事、ちょっと冷めちゃいましたね。温めてきます」

「や、自分でやるよそれくらいは。ていうか、冷めてもうまいから」

楡崎は遠慮しようとするが、駿は少し強引に、その皿を取り上げた。

――このうえ楡崎の世話まで満足にできなかったら、一体自分が何に役立つというのか。

「一番おいしい状態で食べてほしいんです。せっかく楡崎さんの好きなものを作ったんだから」

「そうか……?」

楡崎が少し不思議そうな顔でこちらを見ている視線を感じながら、駿はキッチンに向かった。

「悪いな、あっちこっちすぐ気が逸れちゃって」

食事の最中に絵を描き始めたことに、駿が気を悪くしたと思っているのだろうか。楡崎が殊《しゅ》勝《しょう》に謝ってくる。

「これで前も失敗したんだ、しょっちゅう怒られた」

前に、というのは、昔つきあっていた恋人のことだろう。

「……楡崎さんの前の彼女って、何か作ってた人だったんですか？」

鍋に楡崎のハンバーグを戻し、温めながら、何気ないふうを装《よそお》って駿は訊ねた。

「ん？　いや、臨床《りんしょう》心理学だったかな、今何の仕事をしてるかは知らないが」

「そっか……」

相手がクリエイターではない、と知って安堵してしまった自分を、駿は恥じた。

「そうだ、そろそろ駿の部屋の更新が来るだろ」

温め直した食事を持って戻ると、楡崎が思い出したように言う。駿は一人暮らしのために借りていたマンションを、まだ解約せずにいた。

「ああ、はい、再来月《さらいげつ》に」

「その前に引っ越し先を決めた方がいいかと思って」

ここでは手狭《てぜま》なので、もう少し広い部屋に二人で移り住もうという話をしていたのだった。

（そうだ、お互い仕事部屋を持てるように、部屋数の多いところにって……）

だが果たして、その部屋は必要になるのだろうか。

「俺が動けるうちに、いくらか候補を見繕《みつくろ》った方がいいよな。住みたい駅とかあるのか」

「……いや……楡崎さんの都合のいいところにしましょう、俺は家から出ないし」

「まあそうか、どうせならなるべく会社から近いところがいいよな、行き帰りの時間が短い方が。あとは間取りと予算と、何を優先するかっていうのをもうちょっと具体的に詰めないとだ」

楡崎は前向きに、今後の二人の暮らしについて考えてくれている。

ときおりこんな話になる時、駿もいつもなら、楡崎との新しい生活を想像するだけで、胸が一杯になるくらいなのに。

今は何となく、気が重い。

（そこまでお膳立《ぜんだ》てして、結局俺が何も書けない、何者でもない人間になったら——出て行かなくちゃいけなくなるんだろうか）

「駿？　どうかしたか？」

黙り込む駿に気づいて、楡崎が訝《いぶか》しげに問いかけてくる。駿は我に返り慌てて首を振った。

「あの、チラシを見たら、この辺りの家が結構高かったのを思い出して……」

「うん？　賃貸じゃなくて分譲《ぶんじょう》マンションなんかの方か」

誤魔化《ごまか》すために適当に口にした駿の言葉に、楡崎が案外真面目な顔で相槌《あいづち》を打った。

「いっそ買うって手もあるよな……」

——長年田舎の持ち家に住んでいた駿にとっては、借りるよりも、自分のものとしての家で暮らす方がしっくりくる。

しかし当然ながら気軽な買い物ではなく、二人で家を購入してしまえば、もう後に引けなくなる気がした。

（引く気はない……俺から楡崎さんと離れる気なんて絶対に起きないけど……）

楡崎がこちらを見限りたくなった時に、それが枷《かせ》になるなら、何だか後ろめたく感じてしまいそうだ。

「思いついて言っただけだから、そんな深刻な顔するな」

再び口を噤《つぐ》んだ駿に、楡崎は突然重大な判断を強《し》いてしまう形になったことを悔《く》いるような調子で苦笑した。

「いつか買うにせよ、とりあえずは賃貸でしばらく暮らしてみてから改めて暮らしやすそうな物件を選ぶって方がいいだろうし」

だがどちらにせよ、楡崎の方は、この先も駿と一緒にいる未来を疑わずにいるらしい。

（どうして信じられるんだろう……）

そうあってほしい、と願う気持ちは、駿だって強く持っている。

だがそうなることを確信する根拠が、どうしても浮かばない。

「俺は一応会社員だから、ローン組むのも都合がいいし、手当ても出るだろうし、俺名義で買ってもいいしな」

だから楡崎がそう言った時、駿は多少ほっとした。それなら、住んでいる間は楡崎に家賃を払う形で、たとえ将来破局したとしても、自分が荷物を纏《まと》めて出て行けばいいだけだ。

「とりあえず場所は俺が決めるから、駿は借りたい部屋の条件をいくつか決めろよ。風呂が広いとか、台所が広いとかか……？」

「ああ、それは、いいですね」

キッチンが広ければ料理がしやすい。今の自分にできることは、楡崎のためにうまい、栄養のある料理を作ることくらいなのだから。

（でも本当に、それでいいんだろうか……）

不安な気持ちが消せないまま、駿は少しうわの空で、引っ越し先についての会話を楡崎と交わした。

# 3

(とにかく……何かしら、書かないと)

そう思えば思うほど、どこか思考が空転して、うまく頭が働かなくなる。

(俺は、小説を、どう書いてたっけ?)

そもそもそれがわからなくなってしまったから、面識もない楡崎《にれざき》の家に押しかけたりしたのだ。

(楡崎さんに出会って、また書けると思ったのに)

楡崎に惹《ひ》かれ、想いを交わして、溺《おぼ》れそうなほどの感情に浸《ひた》されて、溺れないためにも何かを書きたいと、一時はあれほど強く思ったのに。

毎日、毎日、楡崎と同じベッドで身を寄せ合うようにして横たわると、不安以上の幸福が体中を満たして、結局楡崎のこと以外考えられなくなってしまう。

飽きもせず体を繋《つな》いだ時はなおさらだ。

その反動のように、一人になると、すぐに不安に襲われるようになった。

楡崎と引っ越しの話——将来家を買う話をした時から、その気持ちは加速度を増した気がする。

しかも今日から明日まで、楡崎は家に帰ってこない。会社の旅行に行ってしまったのだ。

『駿《すぐる》も行くか？　それか、面倒だし、具合悪いフリしてサボるか……』

などと気が進まない様子の楡崎を強引に送り出したのは、駿自身だ。楡崎は向原《むかいはら》に駿のことをさり気なく話したようではあるが、彼以外に楡崎と駿の関係を知る者はいない。以前楡崎が連れて行ってくれた飲み会で、駿は同じ会社のアニメーターたちに、楡崎の遠縁として紹介された。その設定を貫《つらぬ》く手もあっただろうが、騙《だま》すのは何だか気が引けた。楡崎が旅行を欠席するのはもってのほかだ。ここ数年行われなかった社員旅行が復活したのは、楡崎の口振りからしてどうやら彼が倒れたことに起因しているようなのだ。過労を強《し》いたことを役員が反省した末の慰労《いろう》旅行らしい。そこで楡崎が欠席しては意味がない。

「……何だか変な感じだな、楡崎さんがいないの……」

口に出していうと、楡崎の不在が思った以上に駿の身に染みる。楡崎が旅行に出かけてからまだ一時間足らず、なのにもうすっかり寂しかった。ここはまだ二人の家というよりも楡崎の部屋という印象だし、主がいないせいで変に空虚に見える。

（楡崎さんがいないなら、食事は適当でいいか……）

そうなることを見越していたかのように、楡崎は「ちゃんと飯喰えよ」と散々《さんざん》駿に念を押してから出かけていった。大丈夫です、なんて笑って答えたものの、案の定《あんのじょう》、自分のためになんてまったく料理をする気が起きなかった。弁当を買う気も、外食する気も。

楡崎が帰ってきた時に気持ちよく出むかえられるようにと、掃除は捗《はかど》った。楡崎の服を洗濯するのも、アイロンをかけるのも。

しかしそんなもの、どれだけ丁寧にやったところで、一日がかりになりようがない。まだ日の高いうちから、駿は手持ち無沙汰《ぶさた》になってしまった。日頃から熱心に掃除をしていたせいで、今さら磨《みが》き上げる場所もみつからなかった。

(……本でも読むか、それとも、アニメとか)

小説を読むのはどうも気が進まなかった。漫画は読み慣れないせいで、楽しみ方がいまいちわからない。楡崎の関わったアニメはもう観尽《み》くしてしまったが、何度観たっていいものだから、特に気に入ったものを観よう。

そう決めて、DVDを再生機にかける。馴染《なじ》んだオープニングが流れ始めると、体が勝手にわくわくして、テレビに齧《かじ》り付いてしまう。もう話の筋も全部知っているし、絵も動きも音楽も頭に入っているのに、まったく飽きない。

(やっぱり楡崎監督は、すごい)

いつもながら興奮気味に思うのに——どこかでまた、不安を覚えた。

(こんなすごい人と、いつまで一緒にいられるんだろう)

そう考えても、夜になって楡崎が帰ってきて、駿の作った料理を「うまい」と口に出して褒《ほ》めながら平らげてくれれば、そばに来て抱き寄せてくれれば、身を寄せ合ってベッドで眠れば、その時は安心できるのに。

今日はどれだけ待ったところで、楡崎は帰ってこない。

(ああ……まずいな)

気持ちがどんどん落ち込んでいく。祖母が亡くなった時ですら、悲しみも不安も感じなかったのに。楡崎がたった一晩帰ってこないというだけで、こんなにも。

(……だって寂しいなんて気持ち、楡崎さんと会わなければわからなかったんだ)

自分は感情の動きの鈍《にぶ》い人間なのだろうと思っていた。ただ一人の肉親を亡くしても泣けなかったことを、編集者からは異常だと、どうかしていると断じられた。

(でも、どうかしたままでいたかった)

寂寞《せきばく》よりも、恐怖が強く湧き上がってくる。一人になるのはこんなに怖かっただろうか。

(もしこのまま一文字も書けずに、楡崎さんに見放されたら)

それでもう、楡崎のそばにいられなくなったら。

怖くて、怖くて、考えるだけで身動きが取れなくなる。

(こんな怖いの、どうしたらいいんだ……)

途方に暮れかけた時、ソファの上に置いたノートパソコンが駿の視界に入った。

しばらく電源も入れていない機械。

手を伸ばしてパソコンに触れ、その天板《てんばん》を開きかけてから、駿はすぐに首を振った。

「違う、これじゃない……」

辺りを見回す。駿の少ない荷物は、洋服以外、居間の隅の棚に置かせてもらっている。ふらふらとそこに近づき、大学ノートとボールペンを引っ張り出した。

(怖い……怖い)

ノートを床に広げ、這《は》い蹲《つくば》るように、その前へと座る。

(何か書かないと、死ぬ)

何を書こうとか、何を書かなくてはとか、考える暇もなかった。

ただ頭にあとからあとから激流のように浮かんでくる文字列を、駿はただそのままノートに書き写した。

◇◇◇

「駿──おい、駿!」

体を強く揺さぶられ、駿はようやくのろのろと目を開いた。

「おい! 生きてるか!」

「え……」

呆然と漏らした声は、すっかり嗄《か》れてガサガサになっている。

固い床に俯《うつぶ》せに寝ていた。両腕を使って上体だけ起こすと、駿の前には、しゃがみ込んでいる楡崎の姿があった。

「あれ……楡崎さん……？」

「あれ、じゃない。おまえ、寝るならちゃんとベッドで寝ろよ。気持ちはわかるけど」

「……？」

状況がうまく把《は》握《あく》できない。なぜ楡崎が目の前にいるのか。そしてなぜこんなにも呆れたような目で見下ろされているのか。

「旅行、行かなかったんですか……？」

楡崎の横には旅行鞄《かばん》が置いてある。これを持って、今朝、マンションを出て行ったはずだが。

「あのな。帰ってきたんだ、つい、今」

「帰……、……っ⁉」

ぼんやり呟いてから、駿はぎょっとなって、そばに転がっていたスマートフォンを摑みながら床の上に身を起こす。日付と時刻を確認しようと思ったのに、液晶画面は真っ黒だった。

「今は日曜日の午後八時二〇分」

立ち上がった楡崎が、駿の頭上から言った。

楡崎が出かけたのは、土曜日の午前十時頃だ。

「おまえまさか、俺が出かけてから、飲まず食わずだったんじゃないだろうな」

「……えーと……」

声がうまく出せない。何となく楡崎の顔が見られず、救いを求めるように身のまわりを見ると、お茶のペットボトルがひとつ転がっていた。

「あ、ちゃんと、飲んだみたいです」

「緑茶一本。飯は？」

「……、……うーん」

はあ、と楡崎が大仰《おおぎょう》なくらい大きな溜息を漏らす。駿は何となく正座になって、首を竦《すく》めた。

「俺はまったくもって人のこと言えないし、さっきも言ったけど気持ちはわかるけどな。おまえ、散々俺にちゃんと栄養取れ、寝ろ、長生きしてもらわないと困るって言っておいて、野放しにしたらこの有様《ありさま》じゃないか」

「……はい……すみません……」

今が日曜の夜だなんてまったく信じがたく腑《ふ》に落ちないが、楡崎が言っているのならそうなのだろう。

「まあいいや、とにかく水、飲め。土産《みやげ》に饅頭《まんじゅう》買ってきたから、とりあえずそれでカロリー補給して」

「あ、自分で――」

旅行で疲れているだろう楡崎に、自分の飲み物を取ってきてもらうわけにはいかない。慌てて立ち上がり、キッチンに向かう楡崎を制止しようと足を踏み出しかけた時、ぐらりとひどい眩暈《めまい》を感じて慌てる。

転ぶ、と思ったが、それより早く楡崎に抱き止められた。

「急に動くな、馬鹿が。いいから座ってろ」

強引に、ソファに腰を下ろさせられた。眩暈がひどくて、それをやり過ごすことに気を取られている間に、楡崎が冷たいミネラルウォーターを冷蔵庫から取り出して駿のところへ戻ってきた。ペットボトルの蓋《ふた》まで開けてくれるのは少し過保護ではないだろうか――と思った駿は、水を受け取った瞬間その考えを改めた。

「あれ？」

うまくボトルが摑めない。右手は握り締めることも開くこともできず、卵でも握ったような形のまま、固まってしまったように動かなかった。

それを見越していたように、楡崎が上からボトルの首を摘《つ》まみ上げる。

「だろうよ、おまえ俺がいない間ずっと、ペン握ってたんじゃないのか」

「え……」

床を見下ろすと、開きっぱなしの大学ノートと、ボールペンが二本転がっている。

「……ああ、そうか」

駿はようやく思い出した。どうしようもない衝動に突き動かされるまま、たしかに、寝食《しんしょく》も忘れてずっと何かをノートに書き続けていたことを。

「新作か?」

楡崎は再び床にしゃがみ、ノートには触れずにそれを見下ろしている。

駿はソファに腰掛けたまま、小さく首を捻《ひね》った。

「そう呼べるようなものかどうか……ただ、浮かぶまま書き殴っただけで、ストーリーらしいストーリーもないし……」

「プロットみたいな?」

「……そうなのかな、そういうのちゃんと作ったことがないから、わからないんですけど。多分そのままじゃ、人に見せられないものです」

大事なものを失う男の話だった。

焦燥感《しょうそうかん》や苦痛、それを感じる描写を延々と。その痛みにのたうち回る男を取り巻く景色の、残酷なくらいの美しさを、ただ前後も脈絡《みゃくらく》もなく書き殴った気がする。

「イメージだけっていうか」

「じゃあここから膨《ふく》らませて、何か作る感じだな」

「そういうやり方もしたことがないから、どうしたものか……」

「しばらく煮たり焼いたり叩いたり放置したり、だな。もしかしておまえすごいもの書いたんじゃないか。このノート一冊で、一生食いっぱぐれないくらいの物語の種になってるかもしれんぞ」

　楡崎けそう言うと、この世のもっとも高価な宝石でも扱うような仕種で大学ノートを拾い上げ、駿の方に差し出してきた。

「──楡崎さんは、俺が何を書いたかわかるんですか？」

　駿自身にもわからないのに、なぜ楡崎がさっきみたいなことを言えるのかが、とても不思議だった。不思議なのに「そうなのかもしれない」とすんなり思えることも。

「俺も昔、あったからさ。きっと自分はうんと長い時間かけてこの一枚の絵みたいなイメージを追い続けて、何かしら作品を作るだろうなってものを、たった一晩で書き上げたことが」

「え、見たい」

　思わず声を漏らすと、楡崎が小さく噴き出す。

「駿でも駄目だな。おまえ、そのノート、俺に見せられるか？」

　言われて、駿は慌てて大学ノートを楡崎の手から取り上げ、隠すように自分の背中とソファの間に押し込んだ。

「無理です。恥ずかしい。見られたら死ぬ」

「ちゃんと作品になる前の、何だ、何かに対するラブレターみたいなのを人に見せるのは、死ぬレベルで恥ずかしいよな」

「ラブレター……」

それなら楡崎に見せるべきでは、と思ったが。

（……でも違う、これは、楡崎さん宛《あ》てじゃない……）

そう思い至って、駿はまた急に、不安な心地になった。これまでとは別の理由から来るものだったが、これまでよりもさらに大きな不安だ。

「俺はこれ、自分のために書いたんだと思います……」

「だろうな。大体は自分のために作るもんだ、作品は」

当たり前のように頷く楡崎をまっすぐ見られず、駿は項垂《うなだ》れる。

「最近、ずっと怖かったんですけど……」

「うん」

楡崎が、駿の隣に腰を下ろす。旅行で疲れているのだろうと思って申し訳なくなりながら、駿は言葉を継《つ》ぐ。

「……楡崎さん、もしかして気づいてましたか」

「何か不安がってるのは伝わってきた」

楡崎はいつも、駿が何を思っているかを言い当てる。だからここのところの不安にも、とっくに気づいていたらしい。

そうかもしれないと、駿の方もうすうす思ってはいたが。

気付いていてなぜ何も言ってくれなかったのかと、自分勝手だとわかっているのに少し恨みがましい気分になってしまう。

「せっかくの悩みだろ。すぐに他人の言葉で解決したり気休めなんかもらったりなんてしないで、自分でそれなりに悩み尽くさないと、勿体《もったい》ないじゃないか」

楡崎は、そんな駿の気分すら見抜いたかのように言う。

（……そうか。俺が言うのも何だけど、この人も、相当普通じゃないんだった……）

出会った当初から、楡崎と話すたびに「すごいものを作る人は、どこか『ぶっ飛んでる』んだろうか」と考えてはいたが、疑問形ではなくもう確信になってくる。

「いよいよ切羽《せっぱ》詰まれば、駿の方から話してくれるだろうとも思ってたしな」

そう続けてくれたので、どこか遠くというか、上の方に感じてしまった楡崎の存在が、急にまた間近に感じられるようになったが。

「で？　何を不安に思ってたんだって？」

促《うなが》されて、駿は正直にこれまでの心境を打ち明けた。

改めて説明するのはどことなく気恥ずかしかったが、隠すことでもないので、駿は意を決して楡崎に説明していく。

楡崎は静かに相槌《あいづち》を打ちながら、駿の話に耳を傾けてくれた。

「――なるほど。駿は俺のことを好き過ぎて、初めての恋愛とセックスに溺れて、小説を書けなくなったことに焦《あせ》っていたと」

「そっ、そうです」

なるべくぼかして言葉にしたつもりなのに、聞き終えた楡崎にそう纏《まと》められて、駿は赤くなりながら項垂れる。

「楡崎さんは、俺の小説を通して俺を好きになってくれたから。間に小説がなければ、俺の価値は、多分楡崎さんにとって目減《めべ》りするだろうなっていう不安が……」

「まあ、たしかに、違うとは言いがたい」

「……」

そこは否定して欲しかったのに、楡崎はあまりにあっさりと頷いた。

「もう駿にもわかってるだろ。書くっていうのは、俺たちみたいな人間にとっては、飯とか排泄《はいせつ》みたいなものだって。何で書くかとか聞かれても困る、それがあるのが当然ってもんなんだから、書かなくなることはないんだよ」

「そ……そうなんでしょうか、そこまでは、まだ」

「そうなんだよ。まともな人間は、生命活動より創作活動を優先したりしないんだから」

楡崎が改めて手渡してくれたペットボトルを、駿はどうにか両手で受け取った。まだ右手は痛いが、さっきよりはましになっている。一度口をつけたら、ひどく喉《のど》が渇いていたことを思い出し、ごくごくと喉を鳴らしながら水を飲むのが止められない。

半分ほど一気に飲んでから、大きく息を吐き出すと、駿は隣で楡崎が苦笑気味な視線を自分に向けているのに気づいた。

「俺は会社にいればいい加減休めって周りのやつが声かけてくれるけど、駿は心配だな。ゆうべ宿に着いたとか飯喰ったとかおやすみって送っても、今日これから帰るって送っても、全然既読《きどく》にならないし。帰り道に気が気じゃなかった」

「あ――すみません……」

スマートフォンの電源がいつ切れたのかすら、駿には覚えがない。

「まあどうせ何か書いてるか読むか観るのに夢中になってるだろうって思ったから、本気でそこまで心配はしてなかったけどな。一日くらいなら、飲まず食わず寝ずで死ぬこともないだろうし。俺にも身に覚えがあるから」

楡崎の方こそ、すぐに周りが見えないほど集中して、止まらなくなるタイプだ。注意したいが、そういう自分がどんな顔で駿にお説教したらいいのかわからない、というように苦笑いを浮かべている。

「で、結局書けたんだから、『書けない』って悩みは解決しただろ。でも何でまだそんな、不安そうな顔してるんだよ？」

「……」

楡崎の言うとおり、何かしら書けたところで、駿の不安が完全に消えたわけではなかった。

「……俺、楡崎さんが集中している姿を見るのは、すごく、好きで」

この家に来てから、何度もそんなところを見守ってきた。少しくらい物音を立ててもその集中は壊れないし、近くでじっと眺めていても邪魔にならないようだから、駿は何の愁《うれ》いもなく楡崎にみとれ続けることができた。

「でも俺まで周りが見えなくなるくらい小説を書くのに集中するようになったら、楡崎さんと恋人としての時間が過ごせなくなるし、楡崎さんのために何かする時間だって作れなくなるじゃないですか」

今だって、楡崎が帰ってきたことに気付けなかった。あんなに帰りを心待ちにしていたのに、寂しかったのに、その気分も忘れて執筆に没頭《ぼっとう》して、挙句《あげく》疲れ果てて気を失うように眠ってしまった。

「帰ってきたら出迎えて、おかえりなさいって言って、すぐに着がえ出して休んでもらって。食事や風呂の準備もして、寛《くつろ》いでもらおうって考えてたはずなのに……」

「いや、何度も言うけど、駿はそこまでしてくれなくていいんだからな？　俺に手をかけてくれるのは嬉しいしありがたいんだけど、俺が駿に求めてるのは恋愛の相手であって、お世話係じゃない」

「無理にとか義務でとかじゃなくて、俺がそうしたいんです。楡崎さんの世話をするのが好きなんです。だって俺だけがやっていいことじゃないですか、この家で、楡崎さんのそばで」

家事はもう、子供の頃から慣れていて、面倒だと思うこともない。いや、自分に手をかけるのは正直面倒で――祖母のために料理を作ったり掃除をしたりしていた頃は、褒《ほ》められもせず礼も言われず、邪険《じゃけん》にすらされずただ淡々と無視され続けることが、その気持ちに向き合えば正気でいられないくらい辛《つら》くて、虚《むな》しいから、無意識に何も感じないよう自分を抑圧《よくあつ》してきた。

だが楡崎のために何かをするのは、駿にとって、ただただ喜びと幸福ばかりなのだ。

「……でもそうしてると、小説が書けない……」

結局堂々巡りになってしまう。どうやったって、『楡崎と恋人同士として過ごすこと』と『小説を書くこと』が両立できない。

「うん、だからな」

声を絞《しぼ》り出すように呟く駿の肩に、楡崎が優しい仕種でそっと手を置くが、駿は強く首を振った。

「書かないと楡崎さんに好きになってもらえないのに」

「いや待て、ちょっと待て、駿」

「だって楡崎さんそう言ったじゃないですか、さっき、違うとは言いがたいって」

「それはそうなんだけど」

「好きだから楡崎さんのことたくさん考えて楡崎さんのそばにいたいのに、そうなったら楡崎さんの気持ちが離れるなんて」

「よし、ちょっと止まれ」

強めに膝を叩かれて、駿は驚いた。叩かれたことにではなく、自分が全身を強張《こわば》らせて前屈《まえかが》みになっていることに気づいたせいだ。いつの間にか両手でペットボトルを握り締め、その力が強すぎるせいで水が溢《あふ》れるほどになっている。

「一回力抜いて。深呼吸して」

「……」

楡崎がまた駿の手からペットボトルを取り上げる。駿は楡崎に言われるまま、大きく息を吸い、吐きながら、前のめりになっていた体を起こし、ソファの背もたれに背中を預けた。

「そこまで思い詰める必要はないと思うんだがな」

「……だって」

呆れたように楡崎が言う声に、駿は何だかやたらに傷ついた。真剣に想って、真剣に好きなのに、そんなふうに言わないでほしい。

「別におまえの気持ちを軽んじて言ってるわけじゃない。ただ、悩んだところで無駄だぞって言ってるんだ」

「無駄……」

「おまえがどういう自己評価を下してるのかは何となくわかるけどな。おまえはやっぱり、誰に止められようが結局書く人間だぞ。その自覚がないのが面白いよ」

「面白がらないでください」

言葉に涙声が混じってしまった。楡崎が自分ほど深刻ではないことが、悲しいし悔しい。

「俺は楡崎さんと別れることとか、この生活が終わるかもしれないことを考えるだけで、どうしたらいいのかわからなくなるのに――」

目の前が歪《ゆが》む。涙が滲《にじ》みそうになるのを、必死で堪《こら》えた。

「でも、ほら」

楡崎が、じっと駿の顔を覗き込んでいた。

「おまえ今、泣くの我慢してるだろ」

「……してますけど」

「それ、たとえば泣いたら俺を困らせるとか、みっともないから嫌だって感情じゃないだろ」

「……、……？」

そうだろうか、と駿は自分の内心について改めて確かめようとしてみる。

楡崎が言ったようなことを、気にしていないわけではない。楡崎の前で泣くのは無様だし、困らせるだろうし、それが嫌だと思う気持ちがないとは思えない。

だが、それだけではない気もする。

「前に、泣くとすっきりして、今の気持ちが書けなくなるって俺が言ったからじゃないのか。それを勿体ないって思ってるんだろ」

「……」

「泣くことより、小説を書くことを選んでるんだよ、おまえは」

じっと、駿はまた自分の気持ちを探ろうと身動《みじろ》ぎをやめ、目を閉じて、考えた。楡崎の言うことに、まだ納得はできない。

「書くやつっていうのはそういうふうにできてる。駿は今、もしかしたら書くことより俺の世話する方を選んでるつもりかもしれないけど、どうせ書かずにはいられなくなるから」

「でもそんな簡単な気持ちじゃないです。俺は、楡崎さんのこと本当に」

「簡単じゃないのは知ってるよ。駿が俺を、す……、……愛してくれてるのは充分わかってる」

楡崎がわざわざ言い換えたのは、前に駿が繰り返し「楡崎の作品には愛がある」と告げたからだろう。楡崎のおかげで、それがどんなものなのか駿は生まれて初めて知って、だから楡崎のことが誰より大切に思えるようになった。

「誰かが何か作ろうとする衝動を、俺はそんなに安く見積もってない。それと俺に対する駿の気持ちが拮抗《きっこう》してるっていうなら、俺はおまえに相当愛されてることを疑いようがないって話だよ」

「……そっか」

「そうだ」

きっぱりと頷く楡崎に、この話をする中で駿は初めて、多少の安堵を覚えた。

「で、な。身も蓋《ふた》もないこと言うけど、駿のそれは、一過性《いっかせい》のものだ」

「え」

軽んじているわけではないとさっき言ったのに、楡崎の言葉はまるで自分の気持ちをそう扱っているように聞こえて、駿は心外な気分になりながら相手を見遣った。

楡崎は真面目な顔をしている。

「駿のっていうか、恋の初めっていうのは誰しもそういうもんなんだよ、これは汎用性《はんようせい》が高いから覚えとけ。つき合いたては、浮かれるし舞い上がるしバカになる。でもそういう時期は、そのうち過ぎてくから」

「時間が経《た》つと、冷静になって、想いも薄くなるから大丈夫っていうことですか……？」

そう考えるのは何だか悲しかった。眉を下げる駿に、楡崎が真面目な顔のまま首を振る。

「気持ちが目減りするわけじゃなくて、好きって気持ちだけが空回《からまわ》って消耗《しょうもう》しないように、うまいこと自分をコントロールできるようになるんだよ」

「コントロール……」

「俺がいなくて寂しければ、その気持ちを原動力《げんどうりょく》にして書くことができただろ、おまえは」

「したくてしたわけじゃないです。寂しくなりたかったわけでもない」

「原動力に『なっちゃう』のを、原動力に『する』っていうのがコントロールだな」

「……そんなふうに切り替えられるようになるかな」

「なる、否《いや》が応《おう》でも。なぜなら俺は、これから当分ものすごく忙しくなるから」

「えっ？」

楡崎は、今度はどことなく気まずそうな表情になると、駿からスッと視線を逸《そ》らした。

「結構無茶なスケジュールを申しつけられたから、来月から俺は人間性を失う」

「人間性を」

「家には寝に帰ればいい方で、泊まりも増えるし風呂に入るどころか着替えもままならなくなるかもしれないな、経験上」

「そ、そういうのをやめるからっていう慰労旅行だったのでは？」

「デスマーチが始まる前の最後の晩餐《ばんさん》みたいなもんだったんだよ。それでもまあ、以前よりは多少マシなデスマにはなるらしいから」

「どのみちデスマーチではあるんですね……」

「だからこの先、駿が家で一人になる時間が増える。小説を書くのに充《あ》てられるぞ、よかったな」

そう言われても、駿はどう返すべきなのか、少々途方に暮れた。

「絶対寂しくなるのに、それをよかったなと言われるのは……ちょっと……」

「でもそういう気分を味わうと、また何か書きたくなるだろ」

楡崎が、拳《こぶし》で軽くソファの背もたれを叩く。そこと駿の背中の間には、大学ノートが挟まったままだ。

そのノートを夢中で埋《う》めていく間の、他では感じることのない、脳の痺《しび》れるような充足感が、駿の中で不意に甦《よみがえ》ってくる。

陶酔《とうすい》しかけてから、楡崎が笑いを堪えて自分を見ていることに気づき、慌てて表情を引き締める。

「これで、自分には小説が書けないなんて悩みを持つんだから面白いよ、おまえは」

そう言う楡崎の目だって、恋人を見るというよりは、興味深いモチーフでも見るような眼差《まなざ》しになっていた。

「自分で言うのも何だけど、俺は今のとこ一応知る人ぞ知る程度の売れっ子で、駿はそれなりの賞を取った新進気鋭《しんしんきえい》の作家先生で、ここ一月《ひとつき》くらいのんびり一緒にいられたのは、多分奇蹟みたいなもんだったんだ」

自分はともかく、楡崎が思ったよりも家で過ごす時間が多かったのは、たしかに意外ではあった。

病み上がりに対する周囲の気遣いもあったのだろうが、もしかしたら楡崎自身が、なるべくそうしようと時間を取ってくれていたのかもしれない――と駿は今さらながらに思い至る。

「俺がそもそも駿をこの家に呼んだのは、自然消滅なんて絶対させるもんかっていう決意の表れだよ。帰ってくるところが別々だと、ちょっと会う時間を作るのも大変だろ。おまえも俺も作品作りに集中し始めたら、割と簡単にお互いの存在を忘れてあっという間に一週間二週間、下手すりゃ何ヵ月って有様になるから」

そんなことはない、と今の駿には言い切れない。一晩だけだが、たしかに楡崎の存在が念頭からすっぽ抜けていた。

「努力せずに保てる関係はない……と、俺は思う。好きっていう気持ちだけじゃ続かないことはある。だから俺は、駿と続けるための努力をしたい。無理をするんじゃなくて、うまい落とし所を見つけながら」

それで楡崎は繰り返し、無理をして自分の世話を焼かなくていいと言っていたのだ。

そのことにも、駿はようやく気づいた。

「俺に対して何もできないってことが、おまえの負《お》い目になるのは避けたいんだよ。おまえの献身的《けんしんてき》なところも俺は好きだけど、それがなくなったから愛情が目減りするなんてことは、絶対にないいんだから」

「ええと……恋人である俺には楡崎さんの世話をする権利があるから、自分ができる時とやりたい時にそうする、っていうのなら……？」

自分の気持ちをコントロールするのは、こういうふうに選択していくことでもある気がする。

考え考え駿が言うと、楡崎が珍しく満面の笑みを見せた。

「文句の付け所がない」

満足げな楡崎を、駿は小さく首を傾《かし》げて見遣《みや》る。

「楡崎さんにはやっぱり、俺がずっと何を考えて思い詰めていたかとか、全部透けてみえてましたか……?」

楡崎が頷いた。

「想像はしてた。正解かは聞くまでわからないと思ってたよ」

駿は大きく溜息をつきながら、ずるずると崩れるように楡崎の方に凭《もた》れた。

「こう……恋人目線と、クリエイターの先輩目線が混じってるんですね……」

「そこはもう諦《あきら》めてくれ、経験を作品に生かそうとしない俺は俺じゃないし、駿だって一緒だろ。ここしばらくで味わった気分だの振り回された感情だのはおまえの経験値になるから、しっかり反芻《はんすう》したり俯瞰《ふかん》で見たりして楽しんどけ」

「……俺はもっと、すごく、溺れてるような感じだったのに」

少し拗ねたい気分にもなってくる。ひどく思い詰めて悩んだのに、楡崎の方は「その方が作家として役立つから」という理由で、人ごとのように観察していたようなのだから。

悔しくて楡崎の肩に強く額《ひたい》を押しつけてやると、宥《なだ》めるように頭を撫でられた。

「俺も一緒だって。浮かれてるって言っただろ」

「冷静に、浮かれてる自分と俺を観察してた?」

「この歳になると、というか俺の性格上そうそうないからな、ここまで恋愛沙汰《ざた》に夢中になるなんて経験は」

悪びれもなく言われて、駿は仕方なく笑ってしまった。

(それが俺相手にしかできない経験だっていうなら、素直に喜んでおこう)

楡崎監督の芸の肥《こ》やしになれるというなら本望だ。

「だから二人で一緒にいられる時間は、心置きなく堪能《たんのう》するべきだと思う。さっきも言ったけど、今後は否が応でも削《けず》り取られていくからな」

そう言いながら、楡崎が駿の頭を自分の肩から起こさせた。頬に手を当てられ、駿はおとなしく目を伏せ、触れるだけの優しい接吻《くちづ》けを受ける。

楡崎の意見に、異論があるわけがなかった。

「——でも楡崎さん、旅先帰りで疲れてませんか」

頬や鼻面《はなづら》にもキスされながら駿は楡崎に訊ねる。

「移動は人の運転で車だったし、宿ではひたすらうまいもの喰って風呂入って寝るだけだったから、俺はそうでもないけど。駿は飯も喰ってないんだよな、多分」

「……あと、ちょっと、シャワーを浴びたりしたい、ような」

ゆうべは風呂に入るどころか、着がえもせずに床に這い蹲っていた。こんな体で楡崎と肌を合わせるのは、なかなか抵抗がある。

「よし、じゃあとりあえず何か喰って、シャワー浴びてから、ベッドに行くか」

「……ベッドには、寝に?」

今日は寝るだけかと、残念に思いながら駿が訊ねると、楡崎が目許で笑った。見ていると背筋が震えるような、艶《つや》っぽい笑みだった。

「そう、寝に」

「……」

我慢しかねて、駿は楡崎の背中に手を回し、自分から相手の唇を奪った。衝動に任せて唇を開き、楡崎の方へと舌を差し出す。

楡崎はすぐに駿の動きに応《こた》えて舌を絡《から》めてきた。

「……ん……」

ひどく気持ちよさそうな声を漏らしてしまったことに恥じ入りつつも、駿は積極的に楡崎と深い接吻けを交わした。どうも、妙に甘えたい気分になっている。自分が誰かに対してそんな気持ちを持つなんて、今さらながら驚きだった。

「……シャワー、一緒に浴びませんか」

どうせなら限界まで恥ずかしいことを言ってみようと、小声になってしまいながらも、駿は楡崎に切り出す。

「何だ。今日は駿が体でも洗ってくれるのか？」

また楡崎の口調に、からかうような響きが混じる。たまに一緒に浴室に入る時、ほとんどの場合セックスのあとに力尽きた駿の身を清めるため、楡崎の方が世話をしてくれているのだ。

「髪でも体でも。……もっといろんな経験を、楡崎さんと、したいので」

言ってから、もしかしたらクリエイターとしての欲求だと取られてしまうかもと気付き、自分の誘い文句の拙《つたな》さに駿は自分で落胆した。せっかく二人でいる時だから、恋人としての触れ合いの方を優先したいと思ったのに。

もっと艶っぽい言い回しは浮かばないものかと眉間《みけん》に皺《しわ》を寄せて考えていたら、楡崎の指がその皺を撫で、次に手の甲が頬を撫でたあと、反対の頬に接吻けられた。

「これまでしたことない体位でも試してみるか」

「……っ、そ、そうですね」

楡崎は楡崎で妙に直接的な言い回しで、艶っぽいというよりは助平《すけべ》の方に振り切れているように聞こえる。

自覚があるのか、誤魔化《ごまか》すように咳払《せきばら》いをしていた。

「俺が監督ならリテイクだな、このセリフは」

堪《こら》えきれずに噴き出しながら、駿は楡崎の方へと身を預ける。

「だから、浮かれてるんだよ。駿が可愛いこと言うから、動揺したというか」

言い訳のように言う楡崎に、小さく声を立てて笑ってしまう。

笑われたのが心外だったのか、楡崎が強い力を籠《こ》めて背中を抱き締めるというか締めつけてくるが、駿にはただ心地いいだけだった。

「――よし、飯」

しばらくぎゅうぎゅうと駿の体を両腕で締めつけたあと、楡崎がその力を弱める。駿は笑ったまま頷いた。

◇◇◇

大きく伸びをすると、凝《こ》り固まった体のあちこちがバキバキと音を立てた。

「やっぱりまだキーボードは、慣れないな……」

独り言を漏らすと、音楽もかけない部屋の中で、やけに声が響く。自分以外に誰もいないことを実感してしまい、駿の中で急に寂しさが湧《わ》き上がった。

そんな自分がおかしくて、小さく笑う。

(今の今まで、一人だとか忘れてたくせに)

仕事に向かう楡崎を見送ったあと、ノートパソコンと向き合って、すでに三時間ほど経っている。体感では三分もない気がしていたのに、あっという間だ。

(今日も楡崎さん、帰り遅いのかな……)

壁の時計を見上げながら、考える。ここのところ、楡崎は終電ギリギリまで帰ってこない。日を増すごとに忙しさも増しているようだ。

会社の慰労旅行から帰ってきてから二ヵ月、楡崎は宣言どおりすっかり忙しくなっている。言われて覚悟はしていたが、「楡崎と一緒にいたら小説が書けない」という悩みは何だったのかというくらい、一緒にいられる時間が消えていく。

新しい住処《すみか》を探す余裕も必要もないほどだ。楡崎はほとんど寝に帰ってくるだけのような状況だった。

「……寂しい……」

声に出してみるとますます寂しい。

駿はノートパソコンを向こうに押し遣《や》って、ローテーブルの上に突っ伏した。

(……ってちゃんと思えることは、何て貴重で、何て幸せなんだろう)

寂しくて辛いのに、それを嬉しいと思う自分の気持ちを、駿はどこかで面白がる。楡崎に似てきただろうか、と考えれば嬉しさまで湧いてくる。複雑すぎるこの気分を表すとしたら、どんな物語が合うだろうか。

(この間のは、少し暗すぎたかな。全然反応ないし……)

楡崎が旅行に行っている最中に書き殴ったノートを元に、駿はいくつか短篇を書き上げた。世話になっていた編集部の担当者からは返事がないままだったので送りつけるのは気がひけて、楡崎の伝手《つて》を頼って別の編集者に預けることになった。

コネを頼るには少し抵抗があったので、最初はまたどこかの新人賞に、今度は自分の意志で投稿しようかと思ったのだが、「おまえはすでにプロなんだから、他の投稿者の可能性を潰《つぶ》すんじゃない」と楡崎に叱られて考えを改めた。

が、編集者からは読み終えたら連絡しますと言われたまま、もう二週間ほど音沙汰がない。

（やっぱりどこか、公募《こうぼ》してる雑誌を探した方がいいよなあ）

寂しさを引き摺《ず》っているせいか、やたら落ち込む。こんな時に楡崎がいれば元気が出るのに、そもそもここにいないからこそ気分が沈むのであって——だからその気持ちを、楡崎不在の間に思う様味わう。

そうしていると、また自然とノートパソコンに伸びた手が、誰に読んでもらえる宛てもまだない小説を書き始める。

慣れた大学ノートではなくパソコンを使うようになったのは、指や腕や目が疲れてしまい、長く小説を書き続けられないからだ。疲労や痛みで我に返ったタイミングで、水分補給なり食事なりをしなければ、楡崎が帰ってくるまで延々と書き続けてしまう。

それでもいいと駿は思っていたが、「三十路《みそじ》過ぎたら一気に体にガタが来るから、今のうちにペース配分を覚えろ」と、これも楡崎からきつく言い渡された。実際ガタが来て入院していた人に言われると重みがある。

簡単な食事を作りながら小説のことを考え、後片付けついでに掃除をしながらさらにぼんやり心を物語に彷徨《さまよ》わせ、いつのまにかまたノートパソコンに触れている。

気づけば深夜で、楡崎が帰ってくる音がして、ぱっと心が明るくなった。ときどきは切り替えがうまくいかず、楡崎が着替えまですませたあたりでようやく帰宅に気づくこともあるが。

今日はドアの鍵を開ける音で我に返った。いつもよりずいぶん早い。駿は急いで立ち上がり、玄関まで出迎えに行く。

「おかえりなさい」

「ただいま」

帰ってきた楡崎の顔を見た途端、甘えたい気分が急激に盛り上がり、抱きついてみてもいいだろうか――と迷った時に居間の方でスマートフォンが鳴り出した。慌てて居間に取って返して電話を取る。かけてきたのは、作品を預けた編集者からだった。

『お預かりしていた原稿についてですが、短篇集としてすべて纏めさせていただく形で、九月に出版させていただくことは可能でしょうか』

弾《はず》んだ声でそう訊ねられ、駿はひどく面喰らった。

「出版？　え、九月って、三ヵ月後？　ですか？」

まずは内容を見てもらって作家として使い物になるかどうか判断してもらってから、改めて編集者と一緒に作品を作るものだと思い込んでいたのだ。

しかも三ヵ月後なんて、急すぎる。

『はい、なるべく早く店頭に並べたくて。僕だけそう思って流れてしまっても申し訳ないし、会議で決まるまではと思って、ご連絡にお時間いただいて申し訳ありません。社としても、ぜひ雀部《ささべ》先生の新作を出版させていただきたいということになりまして。全力で宣伝させていただきますので──』

しばらく話をしてから電話を切ると、すでに着替えをすませてソファで寛いでいた楡崎が、「何かあったのか」というようにこちらを見ている。駿は電話の内容を、そのまま楡崎に伝えた。

「まあ、そりゃそうなるだろ」

楡崎の方は当然のことを聞いた顔で、驚く様子もない。

「でも、渡したの全部本に入れるって……」

「あれを一本でも没《ぼつ》にする編集がいたら、今度こそ正気を疑うな」

出来上がった小説はすべて、楡崎も目を通している。中身も知らずに編集者を紹介するのもおかしな話な気がしたし、何より楡崎が読みたがったので、書いた端《はし》から渡した。楡崎は難しい顔をして読んだあと、真顔で大絶賛の言葉を並べるから、駿はもしかしたらよほどひどい出来なのを慰めてくれているんじゃないかと疑っていた。

「どうしてあんなのを書いておいて、そんなことを疑うんだよ」

そのことも今さら楡崎に伝えたら、呆れ返られてしまった。

「駿を紹介した時、俺がどれだけ編集部から熱烈な感謝を受けたか話しただろ。最初から本にするつもりで読んでるよ、向こうも」

　話がとんとん行きすぎて、駿は何だかぼうっとしてしまう。

「うまく書けた自信が全然なくて、感情も整理してないし、表現しきれてないし……」

「書いた本人はそんなもんか。俺は自分の作ったものを自分だけはいつでも大絶賛だけどな、周りに酷評《こくひょう》喰らうような作品を作った時も」

「楡崎監督の作品はどれも面白いですから」

　反射的に力強く言った駿を、楡崎が「ほらな」という顔で笑いを噛み殺して見返している。

　それからソファの上をぽんぽん叩くので、駿は楡崎の隣に腰を下ろした。

「雀部先生にもうひとつ、嬉しいかもしれないお知らせ——というか、ご依頼なんですが」

　急に改まった口調になる楡崎に、駿は首を傾げた。

「依頼？」

「『暗い銀世界』、やっと上がゴーサインをくれたので。まだどんな形の公開かは未定だけど、ひとまず、出版社との交渉前に原作者から映像化の許可をいただきたく」

「——」

　そのまま、駿は言葉を失う。

　最初に楡崎が読んでくれたという、雀部駿の作品だ。

　楡崎が初めて、駿に『出会った』短篇小説。

「でも……あれ、映像にするのは難しいって……」

男がただ、様々な過去を思い浮かべながら雪の中をひたすら歩くだけの話。駿と出会う前に一度映像化について話してみたが、周りの誰もいい顔をせず、楡崎自身も諦めてしまったと聞いていた。

「原作のままだと、書いた駿も、端《はな》から誰に何を伝える気も感じられない未熟な作品だとわかっていた。歩いているだけのアニメになるからな。かなりアレンジを入れさせてもらうことになるだろうし、ろ言われるかもしれないから──」

「いいです」

最後まで聞かず、駿は楡崎に頷いた。

「どう変えてくれてもいいです。多分──真芯《ましん》のところは変わらないだろうから」

未熟ではあるが、投げ遣《や》りに書いたわけではない。表現の仕方がわからないまま、でも書かずにはいられずにただ言葉を連《つら》ねた物語だ。

「すごく、楽しみです。あれが楡崎佳視《よしみ》の中を通ると、どんな形に生まれ変わるのか……」

嬉しくて笑っているつもりなのに、言う途中で、ぼろぼろと勝手に涙が零《こぼ》れてくる。

いつか楡崎があの小説を元に書いたイラストを見て、同じように泣いてしまった。

楡崎に出会うまで、泣いたことがないなどと言っていた自分が今は遠く感じられるほどだ。

「世界で一番幸せな主人公の気持ちをどう書くか──今の気分を言葉にできるか、不安になってきました」

泣き笑いで言った駿の頭を抱え込むように、楡崎が抱き締めてくる。

「俺もとんでもないプレッシャーだよ、世界で一番気に入ってる作家が書いた、世界で一番気に入ってる短篇を映像化するとか」

「……生きてると、いいことがあるなあ」

駿の口からぽろりと言葉が零れ落ち、楡崎の腕に痛いくらいの力が籠もる。

「おまえは、生きてる限りずっと何かしら書いてろよ」

そのつもりだったので、駿はすぐに頷いた。

「楡崎さんのそばにいると、今まで知らなかったことをたくさん知れて、それを全部形にしないとやっぱり溺れ死にそうになるから。死にたくないから、頑張ります」

「うん」

「楡崎さんも長生きしてください」

「百まで生きて、若いヤツらに邪険《じゃけん》にされながら、死ぬ直前まで仕事するつもりだよ」

楡崎の口調は冗談めかしていたが、それが本当になればいいと心から願いながら、駿は相手の腕の中でまた大きく頷いた。

# あとがき

AFTERWORD

―渡海奈穂―

二〇二一年の小説ディアプラス・ハル号に掲載していただいた表題作を、書き下ろしを足してまとめていただきました、ありがとうございます。

私事《しじ》でございますが、まさか掲載された三ヵ月後に自分が楡崎《にれざき》と同じ病気で入院するとは思いませんでした。救急搬送《はんそう》されて、今すぐ入院してくださいと言われて焦《あせ》り、「じゃあ一度家に帰って仕事道具を取ってきていいですか」と訊ねたら、お医者に「急変したら死ぬのでダメです」と言われてびっくりしました。私は別の症状も併発《へいはつ》してたせいかもしれませんがそんなにもかと思いました。よかったな楡崎生きてて。

みなさんも健康にはお気をつけ下さい。

クリエイター同士の話ということで、何となく創作論的な話がちょいちょい出てきたんですが、私自身は楡崎とも駿《すぐる》とも違う形でお話を作ったり書いたりしているので、二人の分は全部想像です。何かしら物作りをしている人に「どういうふうに作ってるの?」っていう話を聞くのは好きなので、色んな人のやり方を複合したり分解したり、みたいな感じ。

駿のデビュー作の発行に関わった編集者についても、色んなものの複合体でできており大丈夫フィクションです。駿の三作目が他社から出ると判明して、上からそれはもう怒られまくったことでしょう。駿が楡崎と暮らす中で、ある時ふと「あれっ、結構ひどいこと言われてたのでは…!?」と急に思い至って、ちゃんと自分でも憤《いきどお》れるようになるといいなと思います。

　またおじさんと若者の同居ものを書いてしまいましたが、今回もとても楽しかったです。楡崎も駿も（というか人間誰でも）、何となく相手のリアクションを想像して会話をするものの、思ったのとは全然違う方向の返答が来るのが面白かったり、好きだなあとしみじみ思ったりしつつの生活が続くと思います。

　雑誌に引き続き、文庫でもイラストをスカーレット・ベリ子さんに描いていただきました、クールかつ大変に色気のある二人を描いていただき、ありがとうございます…!

　その他いろんな方にお世話になりつつ本が出て、みなさんのお手元に届いたことに心から感謝します。よろしければ感想お聞かせください!

渡海奈穂

この本を読んでのご意見、ご感想などをお寄せください。
渡海奈穂先生・スカーレット・ベリ子先生へのはげましのおたよりもお待ちしております。

〒113-0024 東京都文京区西片2-19-18 新書館
[編集部へのご意見・ご感想] ディアプラス編集部「恋は降り積む」係
[先生方へのおたより] ディアプラス編集部気付 ○○先生

- 初出 -
恋は降り積む：小説ディアプラス21年ハル号（Vol.81）
小説家とアニメーション監督の生態について：書き下ろし

[こいはふりつむ]
# 恋は降り積む

著者：渡海奈穂 わたるみ・なほ

初版発行：2022年7月25日

発行所：株式会社 新書館
[編集] 〒113-0024
東京都文京区西片2-19-18 電話（03）3811-2631
[営業] 〒174-0043
東京都板橋区坂下1-22-14 電話（03）5970-3840
[URL] https://www.shinshokan.co.jp/

印刷・製本：株式会社 光邦

ISBN978-4-403-52553-7 